KB252913

도전,

그 아름다운 이야기

차 례

머리말

　학교 현장에서 학생들과 함께 호흡하며 아름다운 인생을 살아 온
지 벌써 20년의 세월이 흘렀다.

　좀 더 학생들에게 가까이 다가가기 위해 나름대로 부단한 노력을
기울였다고 자평해 본다.

　하루가 다르게 세상이 변하듯 학생들의 세태도 세상을 앞질러가
며 시간이 다르게 바뀌어가고 있다.

　나는 신세대 따라잡기에 목표를 두고 부지런히 그들과 함께 대화
하고, 함께 고민하고 번뇌하며 신세대를 이해하려고 애를 써왔지만
해를 거듭해 갈수록 힘에 벅찬 느낌을 지울 수가 없다.

　신세대의 특징은 패기발랄하고 자기 주장이 강하며 자기 중심적
인 반면 타인을 위한 배려와 참을성이 매우 부족하다. 뿐만 아니라
점점 쉽게 좌절하고 쉽게 포기하는 나약한 모습을 곧잘 발견하게
되어 안타깝기 짝이 없다.

나는 대학에서 체육교육학을 전공하고 일선 학교에서 체육을 가르치는 교사임에도 다른 선생님들은 경험하기 힘든 다양한 경험을 학생들과 함께 해왔다.

운동선수들의 지도는 물론 인문계 고등학교 3학년 담임을 수년간 하면서 자신의 어려운 환경을 극복하고 집념의 도전적인 자세로 자신의 인생을 아름답게 개척해 가는 젊은이들을 수없이 만나왔다.

나는 이들과 함께 할 수 있었던 운명에 늘 감사해하고 교사로서의 사명감을 더 크게 느끼며 오늘도 학생들 앞에 선다.

나는 이들의 이야기들을 묶어 앞으로 우리나라의 미래를 이끌고 나갈 주역이 될 청소년들에게 소개해 줌으로서 용기와 자신감을 심어주고 점점 나약해져 가는 신세대들에게 '나도 하면 된다'는 신념을 심어주고자 하는 작은 희망으로 이 글을 시작한다.

여기 소개하는 젊은이들은 높은 지위나 명예 그리고 권력을 얻어 사회적으로 저명인사가 된 사람들이 아니라 평범함 속에서 자신의 목표와 꿈을 이루어낸 보통 사람들의 작은 이야기들임을 밝혀 둔다.

이 글에 소개되는 학생들의 이름은 실명 그대로이며 사전에 양해를 구하지 못하고 자신의 이야기를 활자화하게 되어 매우 송구스러운 마음을 감출 길이 없다.

하지만 자신의 학창시절의 이야기가 후배 젊은이들에게 인생을 살아가는데 있어 작은 보탬이나 나침반이 되어줄 수 있다는 점에서 모두 널리 양해해 주리라 믿는다.

또한 나와 함께 학교 생활을 하고 여기에 소개된 친구들보다 더 분명한 목표와 꿈을 갖고 이를 실현하기 위해 노력했거나, 더 힘든 고난과 역경을 극복하고 성공적인 인생을 훌륭하게 살아가고 있음에도 내가 미처 발견하지 못해 소개하지 못한 숱한 젊은이들에게도 미안한 마음을 전한다.

교직생활 20여 년을 청소년들과 함께 해온 나는 '도전'이라는 말을 좋아한다.

도전은 젊은이들의 특권이기 때문이다. 무한한 미래 세계에 도전하고, 자신의 운명에 끊임없이 도전하는 젊은이들의 모습이 이 세상에서 가장 아름다운 모습이라고 나는 믿는다.

미래의 주인공인 우리의 청소년들이 원대한 꿈과 큰 목표를 가슴속 깊은 곳에 간직하고 적극적인 사고와 진취적인 행동으로 아름다운 세상을 만들어가길 꿈꾸며 이 책을 발간한다.

내가 첫 발령을 받고 근무하던 고한종합고등학교에서 1985년 평교사로 정년퇴임을 앞두고 계셨던 국어교과의 신윤상 선생님이 '한국문학의 정신분석'이란 책을 출간하신 일이 있었다.

이 때 나는 시력이 좋지 못하셨던 선생님을 대신하여 원고를 정리해드렸고 책이 완성된 후 머리말에 내 이름 석자가 활자화 된 것을 보았을 때의 기쁨이 부족한 책이지만 마무리하면서 새로운 기억으로 떠오른다.

나도 언젠가는 반드시 내 이름으로 책을 쓰겠다던 다짐을 했었는데 미흡하나마 이제서 실천할 수 있게 되고 보니 감회가 새롭다.

끝으로 이 책이 만들어지기까지 내게 '나도 할 수 있다'는 용기와 자신감을 강하게 심어준 강원대학교 사범대학 부설고등학교의 신중경 행정실장님과 바쁘신 가운데도 기꺼이 감수를 해 주신 이무섭 교감선생님께 진심으로 감사 드리며, 학교에서 학생들과 함께

파묻혀 생활할 수 있도록 남편과 아빠를 인내와 사랑 그리고 존경
으로 감싸 안아준 아내와 딸들에게 이 한 권의 책으로 위로와 고
마움을 대신한다.

세심지에서 필자

추 천 사

서 지 원

(전 강원도교육청 교육국장)

"훌륭한 스승없이 깨닫는 자는 만 명 중에 하나도 드물다"는 옛말이 있습니다. 선생님의 바른 지도를 받지 않고 참된 진리를 깨닫기는 참으로 어렵습니다. 선생님의 사랑과 정성 없이 올바른 가치관과 품성을 지닌 인간으로 자라는 것 또한 기대할 수 없습니다.

우리 사회는 이러한 스승의 은혜를 잘 알고 있습니다. 비록 과거에 비하여 많이 퇴색한 느낌은 있지만, 그래도 아직 스승을 존경하는 풍토를 가지고 있는 것은 우리 교육의 자랑이라고 해도 과언이 아닙니다.

물론 이러한 풍토가 저절로 만들어진 것은 결코 아닙니다. 무엇보다 수많은 선생님들의 헌신과 노력의 결과라고 생각합니다.

여기에 그 중의 한 분이 있습니다. 홍천의 한 작은 마을에서 태어나 교사의 꿈을 키웠고 그 꿈을 이룬 뒤에는 그 누구보다 따뜻한 가슴과 사랑으로 교육적 열정을 불사른 이 시대의 참 스승인 이영욱 선생님!

산이 높고 물이 깊어야 명산 대천이라고 한다지만, 그는 높은 경륜도 깊은 학식도 지니지 않았지만 그 누구보다도 존경받는 스승임을 저는 잘 알고 있습니다.

아이들이 즐겨 놀 수 있는 얕으막한 언덕에, 언제나 재잘대며 자신의 문제를 이야기 할 수 있는 시냇물이 되었기에, 그는 수많은 제자들의 사랑과 존경을 한 몸에 받았으리라고 생각합니다.

참으로 부럽습니다.

이제 또 이 선생님이 자랑스러운 제자들과의 주옥같은 사랑 이야기를 한 권의 책으로 묶었다고 합니다.

진심으로 축하와 경의를 표합니다.

지금까지 한결 같은 사랑과 헌신으로 이영욱 선생님을 내조하신 사모님께 더 큰 박수와 따듯한 격려의 말씀을 전하는 것으로 뿌듯한 제 마음의 일단을 진정시키려 합니다.

임오년 정월에

Ⅰ. 안되면 되게 하라.

@ 하늘을 감동시킨 광산촌의 희망봉 진한이
@ 0.6㎝를 극복한 재철이의 승리
@ 역발산 기개세 오세민
@ 혼자서도 잘하는 창우의 대학 진학

어느 특수부대의 구호 중에
'안되면 되게 하라'는 말이 있다.
불가능을 가능으로 만들어 내라는 다소
억지 같은 말이지만 도전정신의
대표적인 행동 지침이라고 생각한다.
도전하는 자가 갖추어야할
첫 번째 덕목은 용기와 자신감이다.
안 되는 것을 되게 하려면 무엇보다도
용기와 자신감이 있어야한다.
사람들은 힘들거나 어려운 과제가 주어졌을 때
해보지도 않고 실패부터 생각하며 두려워하여
도전을 쉽게 포기하는 사례가 많다.
실패를 두려워하지 않는 용기와
'나는 할 수 있다'는 자신감은
우리가 인생을 살아가는데 있어
없어서는 안 되는 가장 소중한 자산들이다.
인간의 한계에 도전하며
불가능을 가능으로 만들어
신의 영역에 한 걸음 더 가까이 다가갔을 때
사람들은 더 큰 쾌감과 희열을
맛보게 될 것이다.

@ 하늘을 감동시킨 광산촌의 희망봉 진한이

　내가 1983년 9월 첫 발령을 받고 근무하던 정선 고한종합고등학교에서 일어난 일이다.

　지금은 폐광지 대체 산업으로 내국인의 출입이 허용되는 스몰 카지노가 들어서 각광을 받고 있지만 당시는 탄광산업이 한창 성황을 이루었던 때라 산골짜기 계곡을 따라 형성된 마을에 활기가 넘쳤고 인구도 전국에서 모여든 3만이 훨씬 넘는 사람들로 북적대던 곳이었다.

　광업소에서 근무하는 광부들이 갑, 을, 병 반으로 나뉘어 출퇴근을 하기 때문에 고한 시내는 24시간 살아 있었고 밤과 낮이 따로 존재하지 않는 검은 도시였다.

　총각이었던 나는 다른 선생님들처럼 경제적인 이유를 들어 하숙을 하지 않고 방을 별도로 얻어 놓고 식당에서 매식을 하며 생활을 하고 있었다.

1985년 4월 초 어느 날 일요일 방에서 TV를 보며 쉬고 있는데 한 학생 녀석이 내방으로 날 찾아와 상담을 요청하였다.

나를 찾은 학생은 3학년 2반의 노진한군으로 당시 우리 학교 3학년 전체에서 1등을 하는 우수한 성적의 보유자였으며 성실·근면한 모범학생이라 내가 익히 잘 알고 있던 학생이었다.

내용인즉 고3이 되어 공부에 전념해야 하는데 어머니께서 조그만 술집을 운영하고 계시는 관계로 집에서는 시끄럽고 소란스러워 도저히 공부를 할 수 없는 처지라는 것이었다.

그 동안은 친구네 집을 전전하며 친구의 공부를 도와주면서 함께 공부해 왔었는데 이제 3학년이 되었으니 자신만의 공부를 할 시간과 공간이 절대적으로 필요하게 되었지만 가정형편상 아무리 방법을 연구해도 찾을 길이 없었다고 했다.

진한이는 고민하던 차에 마침 내가 방만 얻어 놓고 생활하는 것을 알게되었다며 어려우시겠지만 조용한 선생님 방에서 공부할 수 있도록 배려해 주었으면 좋겠다는 조금은 무례한 요청을 하였다.

그러나 나는 많은 선생님들 중 내가 선택의 대상이 되었다는 자부심과 용기 있게 나를 찾아준 진한이의 성의와 불타는 학구열에 감동한 나머지 앞뒤를 따져볼 겨를도 없이 흔쾌히 허락을 해주었다.

그리고 진한이의 무서운(?) 공부는 시작되었다.

당시 나는 학교의 육상, 태권도, 핸드볼 등 3개 운동부를 코치선생님도 없이 혼자서 담당해야 했을 뿐 아니라 혼자서 1, 2, 3학년 전교생 체육수업을 해야하는 과중한 업무 때문에 하루의 학교 일과가 끝나면 늘 피곤한 몸을 이끌고 집으로 귀가하곤 했었다.

당시에는 요즘처럼 학교에서 실시하는 야간자율학습이 없었던 시절이었으므로 내가 식당에서 저녁 식사를 하고 방으로 돌아오면 진한이도 자기 집에서 밥을 먹고 내 방으로 와서 책과의 씨름을 시작한다.

진한이가 내 방을 사용하면서부터 나는 평소 즐겨보던 TV를 볼 수가 없게 되어 버렸다. 화장실 사용 등 여러 가지가 불편하기 짝이 없었다.

그러나 나는 진한이가 진지하게 공부하는 모습에 압도당해 짜증스러움이나 불편한 표정을 지어 보일 수가 없었다.

여하튼 나는 드라마나 스포츠 중계 등 보고 싶은 TV 프로그램은 매식을 하는 식당 집이나 학교 숙직실의 텔레비전을 이용하곤 했다.

진한이가 내 방에서 공부를 하고 부터는 좁은 방 한쪽 옆에서 나는 잠을 자고 진한이는 방 한쪽 귀퉁이에서 조그마한 밥상을 펴놓고 쭈그리고 앉아 열심히 공부를 했다.

내가 잠을 자다가 부스럭거리는 소리에 가끔 깨어나 보면 진한이는 여지없이 공부를 하고 있는 것이었다. 시계를 보면 밤 두 시인데도----

깨워준 일도 없었고 시계의 자명종을 울린 것도 아닌데 진한이는 정확하게 밤 두 시에서 새벽 여섯 시까지 네 시간만 자며 무섭게 공부를 했다.

이 시절 고등학교 3학년 학생들에게 유행하던 말이 있었는데 그것은 '4당 5락'이라는 말이었다. 즉, 4시간 자면서 공부하면 대학입학 시험에 합격하고 5시간 이상 자면서 공부하면 대학입학 시험에 떨어진다는 것을 일컫는 말이었다.

진한이는 철저히 4시간만 잠을 자며 열심히 공부를 하였다. 이런 진한이의 모습은 학창시절 공부보다는 운동을 즐겼던 내게는 놀라움과 감동 그 자체였으며 한편으로는 신비스럽기까지 했다.

진한이는 크지 않은 보통의 키에 몹시 마른 체형이었으나 누구보다 건강했고 체육시간에 운동하기를 좋아했다.

특히, 승부욕이 강해 어떤 경기를 해도 상대팀에게 지지 않으려는 근성을 발휘하곤 했다.

시간을 아끼기 위해 집에서 밥을 먹고 내 방으로 올 때나 학교에 등교 할 때도 그는 꼭 뛰어서 다니며 시간을 벌었다.

나는 진한이의 그런 모습이 안타까워 틈만 나면 진한이에게 잠 좀 자면서 공부하라는 말이 인사가 되어 버렸다. 하지만 진한이는 주위의 걱정에도 전혀 아랑곳하지 않고 자신의 생활 패턴을 1년 내내 유지했다.

진한이는 건강을 유지하기 위해 일요일 아침마다 테니스를 쳤으며 나를 파트너로 땀을 흘렸다.

학력고사 시험 일을 한 달여 남겨두고 마무리 정리를 할 때는 동생을 통해 집에서 도시락을 배달해 식사를 하는 등 촌음을 아껴가며 공부에 박차를 가했다.

1985년 11월 드디어 진한이는 대학입학을 위한 학력고사를 치르기 위해 원주로 출발하였다.

학교에서 버스를 이용해 학력고사 시험 고사장이 있는 원주시로 가는 동안에도 진한이는 버스 안에서 차분하게 책을 보며 최종 정리에 혼신의 노력을 다했다.

원주에 도착하여 고사장을 확인하고 숙소인 여관에 투숙한 진한이는 방에서 꼼짝도 하지 않고 1분 1초를 아껴가며 과목별로 마무리 정리를 했다.

나는 머리도 식히고 기분 전환도 할 겸해서 바람 좀 쐬고 책을 보는 것이 어떻겠느냐고 권했지만 진한이는 잠시도 책에서 손을 떼지 않는 지독함을 보였다.

시험이 끝나고 학교로 돌아와 가채점을 한 결과 진한이는 모의고사 수준일 것이라며 겸손해 했지만 한달 뒤 발표된 최종 결과는 난이도가 어렵게 출제되었음에도 340점 만점에 280점을 넘게 획득하였다.

광산촌에서는 상상도 할 수 없는 누구도 예상하지 못했던 엄청난 고득점이었던 것이다.

본인의 희망은 국어교사가 되어 학생들을 가르치는 선생님이 되는 것이었다.

진한이는 틈 날 때마다 내게도 자신의 장래 희망은 선생님이 되는 것이라고 입버릇처럼 말해 왔었다.

진한이네는 술집을 운영하는 어머니와 특별한 직업 없이 어머니 일을 거들어 드리는 아버지, 그리고 두 살 터울의 춘천교육대학에 다니는 형과 고한종합고등학교 1학년에 재학 중인 남동생 등 삼형제가 함께 성장하여 어렵고 힘든 가정생활을 하고 있었다.

따라서 본인은 학비가 저렴한 한국교원대학에 진학하기를 바랬다.

그러나 점수가 워낙에 고득점인지라 학교에서는 욕심을 냈다. 담임 선생님을 비롯한 많은 진학지도 선생님들께서 학과를 낮추어서라도 서울대학교에 응시해보라는 권유가 강력했다.

주관이 분명하고 목표가 뚜렷해 좀처럼 자신의 생각을 굽히지 않던 진한이는 고민 끝에 서울대학교로 진로를 결정하고 사범대학

국민윤리교육학과에 원서를 제출하였다.

장차 선생님이 되면 윤리 선생님이나 국어 선생님이나 아이들을 가르치는 것은 같다는 나와 담임 선생님의 권유를 받아들여 국민윤리교육학과로 성적에 맞추어 하향 안전 지원하면서도 본인의 평소 희망이었던 국어교육학과에 대한 미련을 버리지 못하고 결국 2지망에 국어교육학과를 써서 원서를 접수시켰다.

대학입학원서를 작성할 때 대부분 제2, 3 지망까지 쓰기는 하지만 원서에 2, 3지망을 쓰는 칸이 마련되어있으니 쓰는 것이지 합격을 크게 기대하며 쓰는 것은 결코 아니었다.

진학지도에 베테랑급인 학교 선생님들도 모두 서울대학교 사범대학 국어교육학과에는 점수가 모자라지만 국민윤리교육학과는 예년의 경우로 미루어 볼 때 충분히 합격할 수 있다는 예상을 했다.

국민윤리교육학과에 합격 안정권이라는 선생님들의 말씀에도 진한이는 조금도 동요하지 않고 차분하게 논술 준비에 최선을 다했고 그 준비 또한 내 방에서 이루어졌다.

서울대학교 측에서 사전에 예고한 대로 국내외 동서고금의 고전을 탐독해야 했던 진한이는 학력고사가 끝났음에도 불구하고 시간에 쫓겨 여전히 밤잠을 충분히 자지 못하는 4당 5락의 생활이 연장되었다.

나는 당시 계절제인 고려대학교 교육대학원에서 석사과정을 하며 논문을 준비하던 터라 논술준비에 필요한 각종 자료들을 많이 보유하고 있었으며 진한이에게 다양한 자료와 원고지 등을 조달해 주었다.

그런데 이게 웬 운명의 장난이란 말인가? 그 해에 서울대학교 입학원서 마감 결과 국민윤리교육학과에는 지원자가 엄청나게 몰려들어 5 : 1이 넘었고 국어교육학과는 미달이 되는 초유의 사태가 벌어진 것이다.

진한이와 나 그리고 학교 선생님들은 모두 땅을 치며 아쉬워했다. 장차 국어선생님이 되기 위해 국어교육과로 진학을 강력하게 희망했던 진한이의 아쉬움은 이루 말로 표현할 수가 없었다.

그러나 진한이는 실망하지 않고 계속해서 내방에서 논술 준비를 하였다.

마침 진한이의 담임선생님은 국어선생님이셨다. 진한이의 담임선생님과 나는 부지런히 논술과 관련된 자료들을 구해 진한이 에게 제공해주었다.

드디어 서울대학교 입학시험을 치르는 결전의 날이 왔고 진한이는 비장한 결의를 다지며 서울행 열차를 탔다. 나는 초콜렛과 우황청심환을 전해주며 최선을 다해 차분하게 시험에 임할 것을 당부하였다.

이틀 후 논술시험을 마치고 학교로 돌아온 진한이의 모습은 그리 밝지 못했다.

대학 측에서 요구하는 대로 글자 수를 맞추는데는 성공을 했지만 제한된 시간에 쫓겨 내용이 어딘지 모르게 자신의 마음에 썩 들지 않는다는 것이었다.

여러 날 뒤 서울대학교에서 합격자를 발표했다. 결과는 또 한번 모든 사람들의 예상을 빗나갔다. 진한이는 불합격 통지서를 받은 것이었다.

당연히 합격할 것으로 큰 기대를 걸었던 학교 선생님들과 진한이 부모님의 실망은 이루 말로 표현할 수 없었고 당사자인 진한이는 현실로 나타난 결과 앞에 넋을 잃고 말았다.

그러나 신은 그를 버리지 않았다. 몇 시간 뒤 진한이는 서울대학교로부터 2지망 국어교육학과로의 합격 통고를 받았다.

진한이와 우리 모두는 만세를 불렀다.

나는 진한이와 함께 야간 열차를 타고 서울대학교로 단숨에 달려가 직접 합격증을 받아왔다.

고한종합고등학교 개교 이후 첫 서울대학교 합격생을 배출했고 탄광촌 지역사회에서도 큰 경사가 났다.

광산촌 학생들에게도 하면 된다는 신념을 심어준 진한이에게 엄청난 찬사와 격려 그리고 성원이 쏟아졌다.

진한이는 각지에서 성금으로 모아진 장학금도 듬뿍 받고 서울대학생이 되었으며 진한이의 사연은 강원지역 신문에 대서특필 됐다.

평소 자신의 가슴속 깊은 곳에 꿈으로 간직하고 이를 이루어내고자 자신을 채찍질 해가며 공부에만 전념할 수 있었던 것은 장차 국어선생님이 되어야겠다는 진한이의 분명한 목표가 있었기에 가능했던 것이다.

아쉬움 속에 원하지 않는 학과로 지원해야 했던 아픔을 딛고 자신이 목표로 했던 국어교육학과에 진학하게 되었으니 영광과 기쁨은 두 배, 아니 그 이상이었다.

문제는 진한이의 운명은 원하는 대로, 뜻하는 대로 잘되었으나 내 운명도 덩달아 바뀌게 되었다는 것이다.

진한이에게 어떻게 무슨 방법으로 공부했느냐는 질문이 쏟아질 때마다 녀석은 내방에서 공부한 것을 이야기했고 이것이 계기가 되어 나는 교장선생님으로부터 고 3 학급담임을 한번 해보라는 권유를 받게됨은 물론 이를 계기로 체육교사로는 보기 드물게 인문계 고등학교에서 고3 담임을 7년이나 하게되었다.

고한종합고등학교에서 3학년 담임을 맡은 나는 진한이의 성공사례에서 착안하여 2년 동안 성적이 상위권인 학생들을 내방에 재워가며 공부를 시켰다.

녀석들은 내가 밤새 지키고 앉아 있어도 밤 12시만 넘으면 졸거나 아예 엎드려 잠을 잤으며 새벽에 일찍 깨워주어도 내가 잠시만 지키지 않으면 모두 잠을 자기에 바빴다.

어느 정도 성적이 향상되긴 했지만 대학 입시에서 좋은 결과를 얻을 수는 없었다.

공부란 자기 스스로 설정한 분명한 목표와 하고자 하는 본인의 의지가 있을 때 학습능률이 오를 수 있으며 부모님이나 선생님 등 주위 사람들이 강제로 시켜서는 결코 좋은 효과를 기대할 수 없다는, 평범하지만 명쾌하기 그지없는 진리를 깨우칠 수 있었다.

@ 0.6㎝를 극복한 재철이의 승리

1995년 나는 나의 모교인 홍천고등학교에서 근무하고 있었다. 벌써 학교근무 만기를 2년이나 넘기고 7년째 근무하고 있던 해였다.

당시 나는 3학년 5반 담임을 맡고 있었다.

우리 반의 구성원은 대학입시에서 본고사를 보는 대학에 지원하여 입학시험을 보겠다는 자연계 학생들의 지원자를 모아 반을 편성한 학급으로 일명 본고사반, 또는 우수반이라는 명칭으로 불렸다.

우리 반의 학급실장은 홍천군 화촌면에 위치한 화촌중학교를 졸업한 사재철군이었다.

재철이 부모님께서는 시골의 농촌에서 농사를 짓고 계셨으나 아버님께서 당뇨와 고혈압 등의 지병이 있으셔서 오래 전부터 투병생활을 해 오셨고 어머님께서 혼자 힘든 농사일과 산나물 채취 등으로 가정 살림을 꾸려 가셔야 하는 매우 어려운 생활이었다.

하지만 재철이에게서 어두운 구석이라고는 전혀 찾아볼 수 없었다. 과묵하긴 했지만 매사에 솔선수범하며 능동적, 적극적 사고를 지닌 진취적인 학생이었다.

키가 161.9cm의 단신인 그는 리더십도 있고 품행이 바르고 반듯하여 이상적인 학급실장이었다.

재철이의 꿈은 공군사관학교에 진학하여 전투기 조종사가 되는 것이었다.

그가 이런 목표를 갖게된 동기는 2학년 미술시간에 미술선생님께서 재철이의 반듯한 용모를 보시고 '재철이는 사관생도 같다'는 지나가는 말 한 마디에 사관생도가 되기로 작정하였다고 한다.

그러나 키가 작은 재철이는 육군사관학교나 해군사관학교의 신장 기준에 워낙 미달이라 아예 포기했고, 당시 키의 기준이 162.5cm로 삼군사관학교 중 가장 낮은 공군사관학교에도 당장은 미달이긴 하나 일년이면 조금은 더 커서 기준 신장을 통과 할 수도 있겠다는 희망으로 진학 목표를 공군사관학교로 설정하였다고 한다.

하지만 불행하게도 재철이의 키는 자신의 간절한 바람과는 달리 조금도 더 커주지를 않았다.

그렇지만 재철이는 자신이 정한 목표나 방향을 수정하지 않고 초지일관 공군사관학교 진학을 위한 준비에만 전력 투구하였다.

목표를 향한 강한 의지와 신념을 지닌 녀석에게 담임인 나는 감히 진로를 바꾸어 보자는 말을 꺼내 보지도 못하고 그저 바라만 보고 있을 뿐이었다.

재철이는 어떻게 알았는지 공군사관학교에 재학 중인 홍천고등학교출신 선배에게 편지를 써서 1차 시험에 대한 정보를 얻는 한편 공부하는 방법도 알아보는 등 매우 적극적이었다.

공군사관학교를 향한 재철이의 목표는 확고부동했고 그에 따른 실천력은 가히 가공 할 만한 것이었다.

우리 반은 교실의 책상이 지정석이 아니라 등교하는 순으로 자신이 앉고 싶은 책상에 앉아 공부하도록 하고 있었다.

하지만 재철이의 책상은 고정석이었다. 늘 언제 보아도 맨 앞 중앙에 자리 잡고 앉아 수업하시는 선생님들을 뚫어져라 쳐다보며 학교 수업에 충실하였다.

집이 시골이라 학교 기숙사에서 생활했던 재철이는 1, 2학년 때는 주말마다 집으로 귀가하여 어머니의 농사일을 도와드리곤 했었으나 3학년이 되어서는 토요일 오후에 집으로 귀가 시켜도 집에 가지 않고 학교 교실에 혼자 남아 책과의 씨름을 계속 하였다.

당장의 작은 효도보다는 먼 훗날 큰 효도를 하겠다는 재철이의 다짐도 있었지만 무엇보다 주말마다 집에 오지말고 학교에서 공부하라는 어머니의 간곡한 당부가 힘이 되어주었다.

한서학사라는 기숙사에서 생활했던 재철이는 기숙사 식당에서 줄을 서있거나 화장실에 갈 때도 그의 손에는 영어 단어집이나 수학 공식요약 노트가 항상 떠나지 않았다. 동료들의 비아냥거리는 말에도 재철이는 자기의 자세를 조금도 흐트러뜨리지 않았다.

무더위가 기승을 부리는 한 여름날의 자율학습 시간에 많은 학생들이 쏟아지는 졸음을 참지 못해 꾸뻑거리지만 나는 재철이의 조는 모습을 본 기억이 없다.

재철이는 공부하다 모르는 게 있으면 어김없이 교무실의 선생님들을 찾아 질문을 하고 궁금증을 직접 해결해 가면서 공부를 하였다.

우리 반 영어와 수학 수업을 담당하시는 선생님들께서는 재철이가 교무실에 다녀가지 않으면 오히려 불안하다고 하실 정도로 그의 학구열은 대단했다.

연습문제를 풀 때도 재철이는 반드시 시간을 재가면서 빨리 푸는 연습을 하곤 했다.

사관학교 입시에는 간단한 체력검사도 실시된다. 재철이는 공군 사관학교 체력검사를 대비해서 종목별로 기록표를 만들어 놓고 스스로 측정해 가며 부족한 종목에 대해서는 저녁식사 시간을 이용해서 집중적으로 연습을 했다.

사관학교 입시는 특차로서 9월초에 본고사를 보며 이 시험에 합격한 사람을 대상으로 신체검사 및 체력검사를 치르고 신원조회를 거쳐 최종합격자를 가리도록 되어 있었다.

드디어 사관학교 일차시험을 치르는 결전의 날이 왔다. 특차인 관계로 많은 학생들이 큰 부담 없이 육, 해, 공 사관학교에 지원했다.

나는 우리 반 학생들에게 결단식을 해주고 각 고사장으로 출발시켰다. 이때 재철이의 표정은 다른 동료들과는 달리 사뭇 비장했다.

시험 후 보름이 지나서 일차 시험 합격자 발표가 있었다.

나는 재철이가 키가 작아 어차피 신체검사에서 떨어질 것이라면 차라리 일차 시험에서 빨리 떨어지는 것이 불합격의 충격을 최소화하고 진로 변경에 크게 도움이 될 것이라며 은근히 불합격되길 고대하고 있었다.

3학년 담임을 몇 번 해본 내 경험으로 미루어 볼 때 큰 기대를 걸었던 시험이거나 전혀 기대 하지 않고 경험 삼아 본다는 시험이었던 간에 일단 떨어지고 나면 속상해 하고 방황하는 등 그 후유증에 시달리는 모습들을 수없이 보아 왔기 때문이었다.

하지만 내 기대는 무참히 무너졌다. 다른 많은 녀석들은 모두 떨어지고 해군사관학교를 지원한 다른 반의 한 녀석과 신장이 기준 미달인 재철이가 덜컥 합격이 된 것이었다.

재철이가 1차 시험에 합격이 되고 나서 담임인 나의 자세도 적극적으로 바뀌었다. 어떻게든 재철이를 공군사관학교에 최종 합격을 시켜야겠다는 욕심이 생겼다.

신체검사가 있는 날까지 나와 재철이는 매일 키를 재며 체력검사를 준비했다.

그러나 키는 조금도 변화하지 않았다. 공군사관학교 기준 신장인 162.5㎝에 여전히 0.6cm가 부족했다. 그 놈의 키는 재철이가 신체검사를 받으러 가는 순간까지도 제자리를 지켜 재철이와 나를 실망 시켰다.

2차 시험은 신체검사에 합격한 사람에 한하여 다음날 체력검사를 실시하게 되어 있었다.

나는 신체검사와 체력검사를 받기 위해 공군사관학교로 가는 재철이에게 걸어다닐 때 발뒤꿈치를 들고 다니고 키를 측정 할 때 발뒤꿈치를 살짝 들라는 등 여러 가지 방법을 이야기하며 어떻게든 검사관의 눈을 피해 신체검사를 통과할 것을 주문하였다.

삼군사관학교 중에서 신체검사가 가장 정확하고 까다롭기로 소문난 공군사관학교의 실정을 누구보다 잘 알고 있으면서도 혹시나 하는 심정으로 재철이를 고사장으로 보내 놓고 다음날 나는 교무실에서 재철이의 전화가 오기만을 기다렸다.

오후 다섯시가 넘어 드디어 내가 기다리고 있는 교무실로 재철이의 전화가 왔다.

그의 첫마디는 살아 있었다. '선생님 통과했습니다!' 라는 울음 섞인 목소리였다.

나는 다짜고짜 '축하한다. 그래 발뒤꿈치를 들었냐?' 했더니 재철이는 정확한 검사에 그럴 형편이 못 됐고 원래 키인 161.9cm로 정확하게 측정되어 기준 신장인 162.5cm에 0.6cm가 부족했는데 검사관이 '통과'라고 하더라는 말을 이었다.

여하튼 최대의 고비인 신체검사를 가까스로 통과한 재철이는 그 여세를 몰아 체력검사 전 종목에서 만점을 받는 기염을 토했고 신원조회인 3차의 관문을 넘어 자신이 목표로 했던 공군사관학교에 최종합격이 되는 영광을 차지하였다.

기준 신장에 0.6cm가 부족한 재철이의 합격은 목표를 향한 불굴의 투지와 집념 그리고 변하지 않는 신념이 일구어낸 결과의 산물이었다.

재철이는 자신의 목표를 이루어내고는 담임인 내게 한가지 제안을 하였다.

우리 반은 공부를 비교적 잘하는 학생들로 구성된 선택받은 학급이니 학교나 후배들에게 도움이 되는 사업을 학급차원에서 실시해 보자는 것이었다.

3학년 1년 동안의 학교 생활과 수험 생활을 글로 엮어 학급지를 펴내면 자신들에게는 소중한 추억이 될 것이며 후배들에게 나누어 주면 앞으로 공부를 하는데 어느 정도 도움이 되지 않겠느냐는 것이었다.

나는 흔쾌히 동의하고 학급회의에 안건을 상정하였다. 모두들 재철이의 사려 깊은 제안에 적극적으로 찬성하였다.

　재철이는 대학입시가 끝나는 대로 편집위원회를 구성하고 학급지를 만드는 작업을 시작하였다.

　우리는 책의 제목을 '도전하는 젊음'이라고 붙였다.

　「도전하는 젊음」이 한 권의 책으로 엮어지자 재철이는 700여권을 발간하여 홍천고등학교 전교생에게 나누어주며 앞으로 전개될 후배들의 힘든 수험 생활에 참고 자료가 될 수 있도록 하여 후배 사랑을 행동으로 실천하였다.

　우리 반의 이러한 후배 사랑이 널리 알려져 지역신문인 강원일보에 모범사례로 소개되기도 하였다.

　재철이는 사관학교의 관례대로 2월초에 공군사관학교에 가입교했다.

　따라서 재철이는 학급실장임에도 1996년 2월 영광의 졸업식장에 참석하지 못하여 학급 친구들이 몹시 서운해했고 나 또한 마음 한 귀퉁이가 허전함을 감출 길이 없었다.

　2월 말 내게 공군사관학교로부터 한 통의 초청장이 접수되었는데 1996학년도 공군사관학교 입학식에 참석해 달라는 것이었다.

　신입 생도들에게 존경하는 선생님을 한 분씩 추천 받았는데 재철이는 담임인 나를 추천하였다.

　나는 학년말이라 바쁜 와중 속에서도 만사 제쳐놓고 공군사관학교가 있는 청주로 달려갔다.

　초청인사를 강당에 모아놓고 공군사관학교를 홍보하는 자리에서 홍보 담당자로부터 키의 기준은 전투기 조종석에서 앉아 앞을 볼 수 있는 키가 기준이었고, 키가 작은 사람은 지상에서 관제탑 요원으로 활용할 수 있어 선발했으며 내년도부터는 여학생도 선발할 계획이라는 설명이 있었다.

이어서 공군사관학교 연병장에서 늠름하고 씩씩한 생도들의 열병과 분열 속에 입학식이 성대하게 거행되었다.

나는 키가 작아 생도들의 대열 맨 뒤쪽에서 멋진 공군사관학교 제복을 입고 당당하게 열병과 분열에 참여하는 재철이의 모습을 발견하고 흐뭇하게 지켜보았다.

입학식이 끝난 후 나는 가입교 동안 예비생도로서의 훈련을 받느라 검게 그을린 재철이로부터 '선생님, 꼭 비행기 한번 태워 드리겠습니다.' 라는 말을 뒤로 한 채 넓고 잘 정돈된 공군사관학교 곳곳을 둘러보고 하늘을 나는 큰 새 재철이의 모습을 그려보았다.

2000년 공군사관학교를 우수한 성적으로 졸업한 재철이는 자신의 꿈대로 전투기 조종사가 되어 조국의 영공을 빈틈없이 지키고 있다.

@ 역발산기개세 오세민

오세민, 그는 내게 행운을 가져다준 사나이였다.

역도선수인 세민이는 고등학교 1, 2, 3학년 3년 동안 전국체육대회 역도경기에서 한 해도 거르지 않고 인상, 용상, 합계의 3관 왕을 차지하며 학교와 향토는 물론 감독을 맡고 있는 내게 영광을 안겨주곤 했었다.

세민이가 고등학교에 입학해 전국단위 각종대회에서 획득한 금메달만도30개가 훨씬 넘는다.

세민이가 고등학교에 입학해 전국대회에서 갈아치운 대회신기록이 20여개, 한국주니어 신기록이 9개나 된다.

1994년 3월 세민이와 나는 역도선수와 감독교사의 인연으로 만났다.

홍천고등학교에서 매년 3학년 담임을 해야했던 나는 감독교사라기보다는 역도부 담당교사라는 표현이 적절했을 정도로 선수들에게 아무 것도 지도한 것이 없었고 운동지도는 홍천중학교 이기복 선생님께서 전담해 주셨다.

세민이는 홍천중학교 2학년 때 그의 평생스승이신 이기복 선생님에 의해 홍천읍 삼마치 흙 속에서 발굴되었고 아름다운 진주로 변모해 갔다.

어느 스포츠나 마찬가지이지만 목표가 분명하지 않으면 발전할 수 없는 것이 바로 역도경기이다.

천부적으로 타고난 힘과 국가대표 제조기로 불리는 이기복 선생님의 과학적인 조련, 그리고 세민이의 눈물겨운 노력이 어우러져 대 선수로 거듭날 수 있었다.

나는 홍천고등학교에서 역도감독을 8년이나 하였지만 많은 스포츠 종목 중에서 역도경기는 가장 힘든 경기이며 아이들에게는 가장 재미없는 운동 종목이라는 것을 느끼게 되었다.

시합장에서 메달을 놓고 상대선수의 기록에 따라 1,2,3차시기에 도전하는 역도 선수들의 모습을 보노라면 어느 경기 못지 않게 긴박하고 치열한 두뇌 싸움이 전개되어 나름대로의 묘미가 있다.

하지만 역도경기는 시합에서도 그렇듯 연습할 때도 오로지 무거운 쇳덩어리를 반복해서 들어 올려야하는 운동이기 때문에 어린 선수들이 쉽게 지치거나 중도에 포기하는 사례가 많은 경기이다.

물론 역도를 잘 가르치기로 소문난 이기복 선생님께서 흥미 중심으로 체계적이고 과학적인 훈련방법을 도입하여 학생들이 싫증을 느끼지 않도록 잘 지도하시어 많은 국가대표급 선수들을 육성해 냈지만 아이들이 몹시 힘들어하기는 마찬가지였다.

다른 많은 선수들이 매일 똑 같이 반복되는 훈련에 짜증스러워하지만 세민이는 힘든 훈련시간을 즐기며 바벨을 압도하고 있었다.

세민이는 훈련에 임하는 표정부터가 다른 학생들과는 판이하게 다르다. 언제나 웃는 얼굴이다.

연일 비지땀을 흘리면서도 세민이는 바벨의 무게를 조금씩 늘려가는 재미에, 훈련하는 기쁨과 즐거움을 찾고 있었다.

역도 경기의 훈련장에는 다양한 종류의 연습기구들이 있다. 훈련 단계에 따라 이 기구들을 운반하고 정리하면서 훈련 내용과 강도에 변화를 주게된다.

세민이는 운동 중 연습기구의 운반에 있어서도 누구보다 앞장섰으며 역도 훈련장을 항상 청결하고 질서 정연하게 관리하는 등 내 집처럼 꾸미고 가꾸는데도 남다른 열정을 기울였다.

세민이의 훈련방법은 우직하리만큼 선생님이 시키는 대로한다는 것이다.

동료들은 선생님이 잠시만 한눈을 팔아도 힘든 운동에 지쳐 잔꾀와 요령을 피워대지만 녀석은 누가 있든 없든, 보든 보지 않든 간에 선생님이 지시한 대로한다는 것이 그만이 가지고 있는 장점이며 비법이라면 비법일 것이다.

세민이는 역도를 처음 시작하던 해인 홍천중학교 1학년 때 이미 강원도 대회는 물론 전국 단위 각종대회에서 상위 입상을 하며 두각을 나타냈다.

세민이가 홍천고등학교에 입학하고부터는 전국단위 각종대회에서 3관왕에 올랐을 뿐 아니라 출전하는 대회 때마다 대회 신기록, 한국주니어 신기록 등 각종 신기록을 수립하며 각종 대회기록을 갈아치우곤 했다.

스포츠계에서는 '기록은 깨어지기 위해 존재한다'는 말이 있다. 바로 세민이를 두고 하는 말 같았다.

워낙에 높은 기록을 수립하여 이 기록은 당분간 깨어지지 않을 것 같다던 기록들도 다음해에는 녀석에 의해 새로운 기록이 탄생되곤 했다.

세민이가 출전하는 대회에 참가하는 다른 학교에서는 세민이의 출전 체급을 사전에 확인하느라 법석을 떨며 정보전을 전개하곤 했었다.

세민이가 출전하는 체급을 피해서 한 체급 밑이나 위의 체급으로 출전하는 것이 메달획득의 가능성에 더 가깝기 때문이었다.

국내에서 더는 경쟁상대가 없는 세민이는 고등학교 2학년이 되면서 주니어 국가대표에 선발되어 태극마크를 달았다.

주니어 국가대표가 된 세민이는 외국출입을 자기 집 안방 드나들듯하였다.

가까운 일본과 중국을 비롯하여 인도, 몽고, 카자흐스탄 등 당시 일반인들에게는 출입국이 제한되었던 공산권국가에도 녀석은 사상과 이념을 초월하는 '스포츠'를 통해 쉽게 다녀오곤 했다.

세민이는 1996년 아시아주니어 역도대회에 출전하여 인상종목에서 금메달을 획득하는 등 국위를 크게 선양하기도 하였다.

각종 대회출전으로 학교 공부를 제대로 할 수 없었던 세민이는 외국에 나갈 때마다 회화공부를 열심히 했다.

세민이의 방에는 영어, 일본어, 중국어 회화 책이 몇 권씩 있었고 서툴긴 했지만 3개 외국어에 어느 정도 의사 소통이 가능했다.

세민이는 훈련 중 틈틈이 중국어를 배우기 위해 국제대회에서 만나 알게된 대만의 여자 역도선수와 편지를 교환했는데 편지가 오면 화교인이 운영하는 중국음식점과 연변의 조선족 여자와 결혼해 사는 가정집을 방문해 가면서 자신의 중국어실력을 향상시켜왔다.

세민이가 중국음식집이나 연변조선족이 시집온 가정을 방문할 때면 거리 관계로 녀석은 꼭 내 승용차를 이용했고 나도 더불어 간단한 중국어를 배우게 되었다.

홍천고등학교의 역도는 국내는 물론 외국에까지 널리 소문이 났다. 특히, 일본의 후쿠오카지역에서는 매년 방학을 이용하여 홍천고등학교와 정기적으로 교류를 갖고 우리 나라의 선진역도 기술을 배우기 위해 7~8개 고등학교 50여명의 선수들이 다녀가곤 한다.

이 중 한국역도에 관심이 많았던 일본 후쿠오카대학교의 역도감독인 구쓰모도씨는 세민이의 성실한 훈련 자세와 그가 세운 경이적인 기록들에 매료되었다.

구쓰모도 감독은 세민이에게 장학금 지급과 학비감면 등의 좋은 조건을 제시하며 후쿠오카 대학으로 유학을 제의하였고 일본을 잘 아시는 교장선생님을 통해서 본격적으로 추진하였다.

구쓰모도 감독은 세민이의 유학관계를 협의하기 위하여 네 차례나 홍천을 방문하는 등 매우 적극적이었다.

하지만 세민이는 역도에 관한 한 우리 나라보다 기량이 많이 떨어지는 일본에서는 더 이상 배울 것이 없다며 자신을 지도해주고 계시는 이기복 선생님 밑에서 부족한 부분을 보완해 국가대표 역도선수가 되는 것이 꿈이라며 단호히 거절하였다.

국가대표가 되어 국제대회 입상은 물론 영원히 깨어지지 않는 한국신기록을 수립하는 것이 꿈인 세민이는 자신의 목표를 향해 한 걸음 한 걸음 전진해 가던 차에 뜻밖의 불행을 맞이하게 되었다.

세민이가 3학년이었던 1996년 4월 어느 날 훈련도중 기록향상에 욕심이 많았던 세민이는 무거운 중량의 바벨을 들었다 내리는 과정에서 역도선수의 생명이라고 할 수 있는 손목의 인대가 파열되고 신경계가 손상되는 큰 부상을 당하게 되었다.

손목뿐만 아니라 허리의 척추 신경계에도 부상을 당하는 대형 사고가 발생한 것이었다.

병원의 의사 선생님께서는 세민이가 운동을 지속하기에는 매우 곤란하다며 1년 이상 휴식과 안정이 절대 필요하다는 판정을 내렸다.

의사 선생님은 치료 상황에 따라서는 바벨을 영원히 잡지 못하고 선수 생명이 끝날 수도 있다고 주의를 환기 시켰다.

무거운 쇳덩어리를 들어올리며 오직 국가대표의 꿈을 키워온 세민이로서는 청천벽력 같은 날 벼락이나 다름없었다.

나와 이기복 선생이 병원에만 가면 세민이는 덩치에 어울리지 않게 대성통곡을 하며 펑펑 울어대 병문안 온 사람들을 당혹스럽게 만들곤 했다.

다행히 의사선생님의 정성어린 치료와 자신의 목표를 향한 집념으로 세민이의 회복은 예상보다 매우 빨랐다.

세민이는 치료 상태가 어느 정도 호전되자 1년 이상 안정이 필요하다는 의사 선생님의 권유를 뿌리치고 다시 바벨을 잡기 시작했다.

이기복 선생님과 나는 적극적으로 만류하였다. 하지만 녀석은 이번만큼은 선생님의 지시를 어겨가며 바벨을 잡았다.

3학년이라 대학진학 문제와 전국단위대회 중 가장 비중이 큰 전국체육대회 등이 임박해 있었기 때문이었다.

세민이는 누구보다도 자신을 잘 알고 있었다. 짧은 일년을 위해서가 아니라 선수로서의 먼 장래를 생각하며 절대 무리하지 않고 운동강도를 낮추어 조절하는 등 철저한 자기 관리를 하였다.

부상을 당한 후 5개월 뒤인 10월의 전국체육대회에 출전한 세민이는 예전의 기록에는 미치지 못했으나 인상, 용상, 합계3관왕에 올랐다.

세민이를 아는 모든 사람들이 그의 빠른 재기에 놀라움을 감추지 못했다.

고3, 2학기가 되자 세민이를 스카우트하려는 대학의 경쟁이 치열하였다. 최종적으로 한국체육대학과 고려대학으로 압축되었다.

한국체육대학에는 그 동안 홍천고등학교를 졸업한 우수 선수들이 대부분 진학한 대학으로서 선배들이 많아 적응하기가 쉽고 운동에만 전념할 수 있는 여건이 마련되어 있었지만, 세민이는 공부와 운동을 병행할 수 있는 사학의 명문 고려대학교로 최종선택을 하였다.

세민이는 선수생활로만 보면 한국체육대학에 진학하는 것이 자신에게 유리하지만 선수로의 활동 기간이 비교적 짧은 역도의 특성으로 볼 때 먼 훗날을 생각해 교사가 될 수 있는 고려대학교 체육교육학과로 진학하겠다는 것이었다.

세민이는 대학에 진학해서도 한동안 손목부상의 후유증에서 벗어나지 못하고 정신적인 갈등과 신체적인 고통 속에 시달려야 했다.

세민이는 대학에 진학해서 1~2학년 때는 이렇다할 성적을 올리지 못하였다.

하지만 세민이는 좌절하지 않았다. 녀석에게는 국가대표선수가 되어야한다는 분명한 목표가 있었기 때문이었다.

세민이는 훈련을 하는 과정에서 자신감을 회복하는 것과 기록을 끌어올리기 위한 노력을 다하는 한편 부상을 입었던 부위에 대한 보호에도 최선을 다하며 신중을 기했다.

대학 3학년 겨울방학을 홍천 역도훈련장에서 보낸 세민이는 대학 4학년이 되던 해 드디어 국가대표 최종선발전에서 기라성 같은 선배 선수들을 제치고 당당 1위를 차지하며 고등학교시절 주니어 국가대표에 이어 국가대표에 선발되는 영광을 차지하였다.

자신의 꿈인 국가대표에 선발된 세민이는 그의 또 다른 목표인 국제대회메달획득이라는 더 높은 고지를 향해서 무서운 집념을 불태우며 도전하고 있다.

대학을 졸업하고 대도시의 실업팀에서 보다 좋은 조건의 스카우트 유혹이 있었으나 모두 뿌리치고 고향으로 돌아와 홍천군청 팀에 입단해서 후배들과 함께 운동을 하고 있다.

세민이는 자신이 학창 시절 갖고 있던 꿈과 희망을 후배들에게 심어주며 그 자신이 어린 후배들의 본보기가 되고자 오늘도 최선을 다해 힘차게 바벨을 들어 올리고 있다.

@ 혼자서도 잘하는 창우의 대학진학

　나는 1997년 3월 강원대학교 사범대학 부설고등학교로 학교를 옮겼다.

　강원사대부고에서 나는 3학년 체육수업과 농구부 감독을 맡게 되었다. 학교에 부임하자마자 선수들의 신상이나 특성도 파악하지 못한 채 이틀만에 춘계전국농구대회에 출전하는 등 파란 만장한 농구인생이 시작되었다.

　학부모들이 두 그룹으로 나뉘어 코치선생님의 지도방식과 선수기용 그리고 대학진학 등의 문제로 팽팽히 신경전을 전개하여 팀의 존폐 여부로까지 확대되는 등 그 동안 순탄하게만 학교 생활을 해왔던 나를 정신적, 육체적으로 엄청나게 괴롭혔다.

　마치 진흙탕 속에 빠져든 느낌이었다.

　나는 난파선의 선장이 되었다. 27년의 역사를 가진 강원사대부고 농구팀의 사령탑이 되었으니 멋지게 명문으로 부활 시켜야 되겠다는 나의 야심찬 계획은 출발도 하기 전에 우선 팀부터 추스려 유지시켜 나가야하는 것이 가장 시급한 과제였다.

난 나의 특유의 뚝심과 신뢰를 바탕으로 최선의 노력을 경주하였다. 내가 지니고 있는 모든 역량을 십이분 동원하였다.

승용차로 40분 거리인 홍천에서 춘천까지 통근을 했던 나는 고3 담임을 하며 다져진 인내와 끈기로 야간훈련이 종료되고 선수들이 집으로 귀가할 때까지 매일 체육관을 지키며 사태를 수습해 갔다.

꺼벙한 우리 팀에 이창우라고 하는 샤프한 선수가 있었다.

키는 175cm의 단신에 포지션이 가드인 창우는 원주 단구초등학교 4학년 때 키가 몹시 커 담임선생님의 권유로 농구를 시작하였는데 중학교에 진학하고부터는 지금의 키로 성장이 멈추어 버렸다고 한다.

창우네 집은 아버님께서 소작농으로 논농사를 지으셨고 어머니께서는 식당에서 주방 일을 하시며 어렵게 창우의 뒷바라지를 해 주셨지만 어느 부모님보다도 열정적이었다.

아들 창우가 농구를 시작하고부터는 아버지와 어머니 두분 모두 농구의 매력에 푹 빠져 버리셨다.

우리 팀이 각종 대회에 출전하는 것은 물론 전지훈련이나 연습경기를 하는 날이면 두분 모두 만사 제쳐놓고 전국어디라도 쫓아와 관전을 하시며 응원을 아끼지 않으셨다.

원주를 지역 연고로 하고 있는 프로 농구팀의 홈 경기가 있는 날은 두 부부가 정기 회원권을 구입하여 전 경기를 관전하는 등 농구에 남다른 애정과 큰 관심을 갖고 계신다.

창우는 원주시에서 초등학교를 졸업했으나 당시에는 강원도내에 농구팀을 육성하는 중학교가 춘천시의 춘천중학교 밖에 없어 초등학교를 졸업하자마자 춘천으로 유학을 온 꿈 많은 소년이었다.

어린 시절부터 집을 떠나 객지에서 힘든 합숙생활을 해야하는 고통이 창우를 괴롭혔으나 녀석은 고통을 오히려 강한 집념과 오기로 승화시켜 나갔다.

어쨌던 창우는 우리 팀에서 가장 오래된 구력을 갖고 있는 선수였다.

농구선수로는 키가 작긴 하지만 시야가 넓고 슛팅이 정확해 2학년 때부터 우리 팀 부동의 주전 선수였다.

농구를 했거나 조금이라도 농구에 대한 식견이 있는 사람은 누구를 막론하고 '창우는 키가 작은 것이 흠'이라고 한 마디씩 했다.

그러나 창우는 조금도 개의치 않고 오직 농구에 자기의 모든 것을 걸고 뛰고 달리며 땀을 흘렸다.

2학년 초 농구부 학부모들이 사분 오열되어 자기 자녀들을 볼모로 운동을 중단하거나 다른 학교로 전학시키겠다며 이곳 저곳으로 왔다 갔다 할 때도 창우는 항상 중심을 잃지 않고 자기 자리를 지키며 농구공과 함께 뒹굴었다.

창우에겐 잔소리가 필요 없었다. KBS 텔레비젼에 나오는 어린이 프로그램의 '혼자서도 잘해요' 그 자체였다.

창우는 틈만 나면 체육관에서 자기의 인생을 찾고 심으며 가꾸어 왔다.

모두가 강훈련으로 힘들고 지쳐 휴식을 필요로 하고 있을 때도 창우는 힘든 웨이트트레이닝을 하며 자신의 체력을 다져 나갔다.

일요일에 운동을 하지 않고 원주의 집으로 보내 주어도 녀석은 학교 체육관에서 개인 운동을 하며 휴식을 취하는 무서운 훈련 벌레였다.

농구부 합숙소가 없어 학교 기숙사에서 생활해야 했던 창우는 평소에도 늘 새벽에 혼자 운동장을 뛰며 지구력을 강화시켜 왔다.

언젠가는 그런 창우의 성실한 자세에 매료된 예쁜 여학생이 창우가 트레이닝복 바지를 벗어 놓고 운동장 트랙을 뛸 때 정성껏 옷을 개주고 음료수를 갖다놓아 주기도 했다.

창우는 프로 농구가 선풍적인 인기를 끌고 오빠부대가 등장하면서 여학생들로부터 인기가 매우 높았다.

남녀 공학인 학교에서 동생삼자는 선배 누나들로부터 친구로 사귀어 보자는 동료, 후배여학생들의 유혹이 집요했으나 창우는 '여자친구를 사귀면 운동에 지장이 있다'며 단호히 뿌리쳐 여학생들의 마음을 아프게 하곤 했다.

창우는 자신의 운동에 최선을 다했을 뿐만 아니라 동료 후배들을 챙겨주는 일에도 소홀함이 없었다.

초·중학교 시절 농구선수 생활을 하지 않았던 학생들이 키가 크다는 이유로 우리 학교 농구부에 입문해오면 선수 경력이 오래되어 기본기가 가장 잘 다져진 창우에게 기본기를 지도해 주라는 특명이 떨어지곤 했다.

창우는 초보자들에게 친절하고 자세하게 시범과 설명을 곁들여가며 알기 쉽고 따라하기 쉽게 가르쳐 주었다.

창우가 3학년이 되자 그를 아는 주위의 모든 사람들이 녀석의 진로를 걱정했다.

서울에 있는 1부 리그 대학에 체육 특기자로 진학 할 수 있는 조건인 전국대회 8강에 두 차례나 들긴 했지만 어느 대학에서도 키가 작은 창우에게 관심을 가지려 하지 않았다.

부모님이나 지도자 그리고 창우 본인 자신도 대학부 농구에서 2부 리그인 강원대학교 농구부에 진학하면 최상이라고 믿고 있었다.

그러나 국립대학인 강원대학교는 체육 특기자의 자격 조건이 서울의 1부리그 대학보다 오히려 강화된 전국대회 4강 이상 입상자이거나 대한농구협회에서 추천하는 우수선수에 선발되어야 하는 까다로운 조건이 있었다.

창우와 같은 동기생은 모두 5명이었다.

창우를 제외하고 나머지 네 명은 강원사대부설고등학교에 입학해서 농구를 시작하여 농구에 대한 기능은 다소 떨어지나 키가 비교적 크고 부모님들이 경제적으로 조금은 여유 있는 학생들이었다.

나는 창우를 2부 리그인 강원대학교에라도 보내야겠다는 생각으로 강원대학교 농구부에 입학 자격이 되는 우수선수 선발에서 창우가 탈락하지 않도록 서울의 대한농구협회를 찾아가 특별히 부탁을 하기도하였다.

그 결과 창우는 강원대학교에 체육 특기자로 진학 할 수 있는 자격 조건인 우수선수에 선발되었으나 역시 강원대학교에서도 작은 창우의 키 때문에 뛰어난 재능과 성실한 그의 노력을 외면하였다.

동료들 중 부모님들과 코치선생님이 백방으로 노력을 해서 한 녀석은 한양대학교에서 스카우트하기로 하고 또 한 녀석은 농구 명문 연세대학교로 진학할 것이라는 '설'이 나도는 상황에서 창우는 번민해야 했고 나 또한 괴로움을 감출 수가 없었다.

후배들에게 선수로서의 자세와 학생으로서의 생활태도가 교과서와 같은 창우가 대학에 진학하지 못한다면 나는 창우에게 무어라고 설명해 줄 것이며 어떻게 1,2학년 후배들에게 열심히 운동에 전념하라고 권유 할 수 있을 것인가? 그리고 그들은 무슨 희망으로 농구 코트에서 땀을 흘릴 것인가? 생각하니 참담하기 짝이 없었다.

그러던 어느 날 갑자기 성균관대학교 농구부에서 우리 팀의 박정완 선수를 스카우트하기 위하여 서울에서 연습게임을 하자는 제의가 들어왔다.

정완이는 강원사대부설고등학교에 입학해서 농구에 입문한 늦깍이 선수였지만 천부적인 운동감각과 잘 다듬어진 신체조건으로 무한한 잠재력을 갖고 있어 장래성이 크게 기대되는 우리 팀 선수 중 또 한 명의 우수한 선수였다.

따라서 정완이는 일부 대학에서 스카우트하기 위해 접촉이 활발했던 선수였다.

급히 연락을 받은 코치선생님이 11:00시쯤 운동장에서 한창 체육수업에 정신 없는 내게 와서 서울로 가야하니 농구선수들을 12:00까지 모아 달라는 것이었다.

나는 3교시가 종료된 다음 비상연락망을 통하여 농구선수들을 불러모았다.

그런데 이게 웬 일인가? 시간 내에 도착한 선수들은 3학년들뿐이고 나머지 1, 2학년들은 소재가 파악되지 않고 있었다. 수업시간 중에 땡땡이 치고 학교 밖 오락실로 간 것 같았으나 쉽게 찾을 수 없었다.

20여분 뒤 코치선생님은 학생들이 모두 나타나지 않자 '성균관대학교에서 정완이의 기량을 테스트해 보기 위하여 부른 것이니 정

완이만 데리고 가서 테스트를 받겠다'며 일어섰다. 나는 만류하였
다. 대학하고의 약속인 만큼 조금만 더 기다렸다가 모두 데리고 가
는 것이 좋겠다며 기다리도록 하였다.

하지만 또 20여분이 지나도 녀석들은 나타날 기미가 없었다. 대
학측 하고의 시간 약속을 지켜야하는 코치선생님은 조급해져 또
정완이만 데리고 다녀오겠다며 일어났다.

나는 또 한 번 기다리도록 하였다. 얼마를 기다렸을까 드디어 1,2
학년녀석들이 고개를 푹 숙인 채 모두 나타났다.

시간이 없어 녀석들을 나무라지도 못한 채 부랴부랴 서울로 출발
시키려는 차에 또 다시 문제가 발생하였다.

승용차는 두 대 밖에 없는데 녀석들은 모두 12명. 누구는 가고
누구는 안 갈 수 없는 상황이 되어버리자 또 한 번 코치선생님이
정완이만 데리고 다녀오겠다고 하였다.

나는 내 임의대로 1학년 세 명을 빼고 나머지선수들을 데리고 다
녀오라고 하였다.

서울에 도착하여 연습게임에 앞서 창우는 코치선생님으로부터 정
완이에게 완벽한 찬스를 많이 만들어 주라는 주문을 받고 코트에
들어갔다.

그런데 이날 따라 완벽한 어시스트와 정확한 3점슛을 구사하는
창우의 플레이는 돋보인 반면 정완이의 슛은 연실 허공을 가르고
말았다.

마침 가드가 약한 성균관대학교의 감독선생님 눈에 창우가 클로
즈업된 것이다.

이 자리에서 당장 창우가 성균관대학교 농구부에 스카우트되었다.

나는 성균관대학교 농구감독선생님에게 고맙다는 말을 몇 번이고 싫지 않게 되풀이하였다.

왜냐하면 성균관대학교에서 창우를 스카우트 하므로서 우리 학교 농구부원 모두에게는 물론 농구를 하는 모든 어린 선수들에게 꿈과 용기를 주었기 때문이었다.

이후 정완이는 연세대학으로 스카우트가 결정되었고 창우는 입학 하자마자 식스맨으로 자리를 잡았음은 물론 창우가 대학 3학년이 되던 해인 2001년 봄에는 전국의 대학 농구선수권대회에서 성균관대학교가 대학 강호들을 차례로 물리치고 우승하는데 일조 하여 자신을 스카우트해준 감독선생님께 멋지게 보은하였다.

Ⅱ. 막히면 돌아서 가라

인생에는
평탄한 아스팔트 길만 있는 것이 아니다.
오르막길이 있는가 하면 내리막길도 있고
심한 커브 길도 있는 것이 우리네 인생길이다.
뜻하지 않은 장애가
앞길을 가로막고 있을 때
포기하고 주저앉거나 되돌아서 간다면
그것은 곧 실패를 의미한다.
자신의 능력으로 도저히 넘을 수 없는 장애라면
옆길로 돌아서 목표를 향해 가도
곧 정상에 도달할 수 있을 것이다.
직선 길보다는 늦겠지만
정상에서의 기쁨은
결코 다르지 않을 것이며
때에 따라서는 직선 길 보다 빠를 수 있고
기쁨은 배가될 수도 있음을 기억해야 한다.
서울로 가는 길은 고속도로만 있는 것이 아니다.
국도도 있고 비행기도 있으며 철도도 있다.

@ 담임선생님의 감독관이 된 성필이

김성필이는 1987년 광산촌인 강원도 정선군 고한종합고등학교에서 내가 두 번째 3학년 담임을 맡고 있던 해에 우리 반 학생이었다.

성필이는 우리 반에서 1,2위를 다툴 정도로 성적이 뛰어난 학생이었으나 어머니께서 계시지 않는 집에서 아버지와 동생들과 함께 어렵고 힘들게 살아가고 있는 결손 가정의 학생이었다.

총각이었던 나는 계곡을 따라 마을이 형성된 광산촌의 지역적 특성과 공부방이 없는 광부 사택의 건물구조를 고려하여 지난해에 이어 우리 반의 상위권 학생 세 명을 내 방에서 잠을 재워가며 공부를 시켰는데 성필이도 그 멤버 중의 한 명이었다.

성필이는 처음에 아버님만 계시는 가정 형편상 집에서 다니며 공부하겠다고 했으나 집에서 공부할 여건이 갖추어지지 않아 효율적인 공부를 할 수 없게 되자 뒤늦게 합류하여 공부를 하였다.

성필이는 효성이 매우 지극한 학생이었다. 아침에 일어나 방에서 공부를 하다가도 다른 친구들 보다 일찍 집으로 가서 아버님과 동생들 밥을 챙겨드리고 학교로 등교하곤 하였다.

성필이는 동료들에 비해 유난히 졸음이 많았다.

내 방에서 공부하는 학생들 중 제일 먼저 잠을 자는 녀석이 성필이었다.

이런 자신을 잘 아는 성필이는 졸음을 이겨내기 위해 기발한 생각을 해 내곤 했었는데 내 방에서 공부할 때는 책상으로 사용하는 밥상의 다리 길이를 다르게 하였다.

성필이는 공부하다 졸리면 일어서서 왔다갔다하면서 중얼거리며 공부를 했고 학교에서도 의자의 다리 넷 중 한 개를 짧게 하여 조금이라도 균형이 잡히지 않으면 의자가 흔들려 졸음이 달아나도록 하였다.

성필이는 영어를 매우 잘했고 또 좋아해서 학교나 방에서 공부를 하다가도 친구들에게 영어를 가르쳐 주는 것을 즐겼고 장차 영어교사가 되어 학생들을 가르치는 것이 그의 꿈 이었다.

성필이는 철저하게 계획표대로 공부하는 습관을 갖고 있었다. 매주 일요일 저녁이면 한 주간의 학습계획을 세워 책상 앞에 붙여놓고 매일 학습계획에 맞추어 공부를 했다.

자신의 목표가 달성되면 남는 시간은 산책을 하거나 부족한 수면을 취했고 목표가 이루어지지 않으면 잠을 자지 않으면서 까지도 해 내고야 마는 집념과 끈기를 발휘했는데 어느 날은 두 시간만 잠을 자고 등교하기도 했다.

성필이는 자투리 시간을 활용하는 계획도 세우고 실천해 냈다. 녀석에게는 공부 시간이 따로 없었다. 점심시간, 청소시간까지도 책상에 앉아 자기 시간을 확보하고 책과의 씨름을 하였다.

성필이는 청소 당번을 배정할 때도 1년 내내 칠판 지우는 것을 맡겠다고 자청하였다. 나중에 알고 보니 선생님들의 판서를 지우면서 선생님들의 설명을 한 번 더 상기시키는 기회로 활용하였다.

성필이의 학습 방법은 독특했다.

함께 공부하는 학생 중 수학을 잘하는 녀석과 서로 영어와 수학 문제를 만들어 교환해 가며 풀이하곤 했다. 당시에는 학습지나 문제지가 요즘처럼 흔치 않던 시절이었으므로 나는 우리반 다른 학생들에게도 적극 활용토록 하였다.

자신의 집과 내 방을 오고가며 학업에 정진한 성필이는 그 해 학력고사 시험이 있는 날 심한 독감에 걸려 최악의 상태에서 시험을 치러야하는 불운을 겪게 되었다.

그 결과 성필이는 학력고사 시험에서 영어 점수는 높게 받았지만 다른 교과의 성적이 부진하여 총점에서 기대한 만큼 좋은 점수를 받는데 실패하였다.

자신이 희망하고 있는 영어선생님이 되기 위한 영어교육학과로의 진학에 차질을 빚게 되었다.

성필이의 실망은 매우 컸다. 그렇다고 가정 형편상 재수할 수 있는 상황도 아니었고 사립대학으로 진학하기는 더욱 어려운 실정이었다.

나는 성필이와 상담하는 과정에서 성적에 맞추어 강원대학교 사범대학 교육학과에 진학할 것을 적극 권장하였다.

당시 국립대학인 강원대학교 사범대학 교육학과에서는 영어교과를 비롯하여 일부 교과를 부전공으로 이수하여 교사 자격을 취득할 수 있도록 되어있었기 때문이었다.

성필이는 고민 끝에 담임인 나의 권유를 받아들여 부전공을 통해서라도 영어교사가 될 수도 있다는 희망을 갖고 강원대학교 사범대학 교육학과로 지원을 했다.

하지만 성필이는 영어교육학과로 지원하지 못하는 아쉬움을 감추지 않았고 교육학과 합격 후 어떻게 적응해야 할 지에 대해 걱정을 했다.

1988학년도 신입생 선발을 위한 대학입학 시험에서 성필이는 예상대로 강원대학교 사범대학 교육학과에 무난히 합격할 수 있었다.

나도 광산촌에서 5년 6개월의 근무를 했던 정든 고한종합고등학교를 떠나 양양여자고등학교로 전근을 가게 되었다.

어느 날 대학 축제기간을 이용해 친구들과 함께 양양여자고등학교에 있는 나를 찾은 성필이는 대학의 사정으로 제도가 바뀌어 교육학과에서는 부전공으로 영어를 배울 수 없게 되었다고 전해주었다.

부전공으로나마 영어교사가 될 수 있다는 희망과 기대를 갖고 교육학과에 진학했던 성필이로서는 갈등과 후회의 분위기가 역력했다.

나는 성필이에게 몹시 미안했고 힘들더라도 참고 적응해 보라는 말 이외에는 제대로 위로의 말을 해 주지 못했다.

그 해 여름방학에 다시 나를 찾은 성필이는 표정이 매우 밝았다.

교육학과에서 한 학기를 배우며 교육학에 대한 매력을 흠뻑 느끼게 되었다는 것이다.

오히려 영어교육학과에 진학하지 못하고 교육학과로 진학한 것이 자신에게는 전화위복의 계기가 될 것이라며 열심히 공부하겠다고 다짐하였다.

이후 나는 1989년 나의 모교인 홍천고등학교로 옮겨 정신없이 바쁜 생활을 해야 했고 성필이를 만나지 못했다.

성필이 친구들을 통해서 성필이가 1학년을 마치고 군에 입대했다고 전해들었다.

나는 1997년 다시 강원사대부설고등학교로 학교를 옮겼고 1998년 여름방학을 이용하여 10일간 강원대학교 병설 중등교원연수원에서 체육일반연수를 받게 되었다.

연수전반기에 교직과목을 강의 받았고 마지막 날 평가 시험을 보게되었다.

연수에 참가한 모든 선생님들이 좋은 점수를 받기 위해서 열심히 공부를 했다.

연수 참가자들이 모두 체육교사들이었기 때문에 전공분야의 성적은 큰 차이가 없고 교직과목의 점수가 연수성적을 좌우하는 실정이었으므로 모두들 교직과목의 공부에 최선을 다했고 나도 예외없이 열심히 공부했다.

다소 긴장된 마음으로 시험장에 들어가 노트정리를 부지런히 하고 있는데 감독관이 시험 문제지를 들고 들어와 연수생들에게 엄격히 책상 대열을 바로 하고 시험 대형을 갖춘 후 문제지를 나누어주는 과정에서 감독관과 눈이 마주친 나는 깜짝 놀라지 않을 수 없었다.

시험 감독관으로 들어온 사람이 바로 성필이었다.

성필이도 문제지를 나누어주면서 책상 대열에 앉아있는 나를 발견하고는 흠칫 놀라며 목례를 보내왔다.

나는 시험 문제를 풀고 성필이는 감독을 하는 상황이 되어 버렸다.

　성필이가 고등학교 시절 학교에서 중간, 기말, 모의고사를 볼 때마다 엄격하게 시험감독을 했던 내가 성필이의 감독아래 시험을 보면서 만감이 교차했다.

　하지만 나는 '청출어람'이라는 말이 이럴 때 어울리는 말이라고 생각하며 흐뭇한 마음으로 답안지를 정리했다.

　시험이 끝난 후 나와 성필이는 9년만에 반갑게 만났다.

　성필이와 나는 오랜만에 만나 진솔하게 많은 대화를 나눌 수 있었다.

　성필이는 가정의 어려움 때문에 일찍 입대하였으며 제대 후 복학까지의 공백 기간을 이용하여 막노동 공사판을 찾아다니며 일을 해 학비와 생활비를 조달했다는 것이다.

　이듬해 대학에 복학해서도 과외 등의 아르바이트를 하면서 대학 시절을 보냈다.

　성실하고 부지런한 생활이 몸에 배어있는 성필이는 대학 교수님들로부터 모범학생으로 인정을 받아 대학을 졸업하고는 교육학과에서 조교 생활을 하며 대학원의 석사과정을 마쳤고 박사과정에 등록하여 공부하는 등 높은 학구열을 보였다.

　강원대학교 조교인 성필이는 강원대학교 병설 중등교원연수원의 조교를 겸하고 있어 시험 감독관으로 들어올 수 있었던 것이다.

　나는 성필이가 교육학과에 잘 적응하며 박사과정을 공부하고 있다는 말에 대견스럽게 생각하며 고3 담임을 맡았을 때 진로 지도를 제대로 못했다는 죄책감에서 벗어 날 수 있었다.

　성필이는 교육학과를 졸업한 후배와 결혼하여 행복한 보금자리도 꾸미고 있었으며 이 세상에서 누구보다 가장 아름다운 삶을 살아

가고 있었다.

@ 중등에서 초등으로 간 중홍이

　나는 1989년 홍천고등학교로 발령을 받고나서 3학년 담임을 맡으면서도 대학을 체육계열 학과로 진학하고자 희망하는 학생들에게 다양한 정보와 경험을 바탕으로 체계적이며 과학적인 실기지도를 위해 나름대로 열심히 노력하였다.

　민중홍이는 2학년 때 내게 잠시 상담을 하기도 했었지만 내가 홍천고등학교에서 근무하던 두 번째 해인 1990년 3월 체육계열 대학으로 진학하기를 희망하는 학생들 대열 속에서 본격적인 만남이 시작된 학생이었다.

　중홍이는 강원도 홍천군 동면에서 농사를 크게 지으시는 부모님 슬하에서 성장했으며 딸 부자 집의 외동아들이었다.

　중홍이는 준수한 용모에 항상 단정했으며 부모님과 누나들 틈에서 귀염둥이로 성장했으면서도 품행이 반듯했다.

　중홍이는 초등학교와 중학교에서 육상선수로 활동을 했다. 중홍이의 누나도 높이뛰기 강원도 대표로 활약하는 등 집안의 남매들이 모두 운동에 남다른 소질을 갖고 있었다.

중홍이는 누나가 외지고등학교로 스카우트 되어 고된 운동선수 생활을 하는 모습을 지켜보고 또 자신이 직접 중학교에서 선수생활을 하면서 유명 선수가 되기보다는 훌륭한 선수를 지도하는 선생님이 되어야겠다고 목표를 정했다.

중홍이가 이런 목표를 가지게된 동기는 누나의 강력한 권유도 있었지만 자신이 다니던 중학교 체육선생님께서 학생들을 지도하시는 멋진 모습에 매료되었기 때문이었다.

홍천고등학교로 진학한 중홍이는 선수활동을 중단하고 학교 공부에만 전념하고 있었다.

중홍이가 고등학교 2학년 때 내가 홍천고등학교로 전근을 왔고 3학년 형들을 모아 실기훈련을 시키는 모습을 신기한 눈으로 바라보았다.

평소 체육선생님이 되어야겠다고 생각했던 중홍이는 2학년이었음에도 어느 날 3학년 형들을 지도하고 있는 내게로 찾아와서 체육학과 진학에 대한 입시정보와 전망에 대하여 묻고는 체육선생님이 되기 위한 방법을 알아보는 등 많은 관심을 갖고 있었다.

드디어 중홍이가 3학년이 되자 3월초 어느 날 나를 찾아 '선생님 언제부터 실기 훈련합니까?' 하며 채근을 하였다.

중홍이는 매사에 능동적이며 적극적이었다.

실기 훈련 시간에 아무리 강도를 높여 혹독한 훈련을 시켜도 녀석은 모두 소화해 냈다.

평상시에도 중홍이는 육상선수 시절에 사용하던 것이라며 모래주머니를 항상 발목에 차고 다니며 체력을 향상시켰다.

중홍이는 육상선수 생활로 단련되어 다른 학생들보다 기초체력은 월등히 뛰어 났지만 구기 운동의 기능이 많이 떨어지는 편이었다.

홍천고등학교 체육관 바로 옆에는 200여 세대가 살고있는 조그만 아파트 단지가 있고 아파트와 체육관 경계 울타리에 가로등이 있다.

여름 어느 날 나는 학교에서 숙직을 하다가 밤 12시가 넘어서 아파트 주민으로부터 시끄러워 도저히 잠을 못 자겠다는 항의전화를 받고 쫓아가 보았더니 중홍이가 가로등불 밑에서 혼자 농구대를 향하여 런닝슛 연습을 하고 있었다.

어느 날은 학교에서 숙직을 하고 아침 일찍 일어나 어둠이 다 걷히지 않은 상태에서 학교를 한 바퀴 돌면서 순찰을 하고 있는데 체육관 뒤쪽에서 투닥투닥하는 소리가 들려왔다.

그곳으로 가 보았더니 중홍이가 혼자서 땀을 뻘뻘 흘리며 체육관 벽에다 배구공으로 브래드 테스트 연습을 하고 있었다.

중홍이는 자신이 동료들에 비해 뒤떨어지는 종목이 있으면 남들의 눈을 피해 혼자서 연습을 하는 악착같은 집념으로 친구들과 어깨를 나란히 하거나 앞서가곤 하였다.

교사가 되기를 희망했던 중홍이는 전기 대학을 서울에 있는 대학의 체육교육학과로 응시했으나 실기고사 당일 날 컨디션의 난조로 제기량을 발휘하지 못했고 입시에 실패하였다.

후기 대학을 선택하는 과정에서 체육교육학과가 있는 대학이 전국에서 유일하게 강원도의 강릉시 소재 관동대학교 밖에 없었고 중홍이는 선택의 여지없이 관동대학에 지원하였다.

운동 기능이 탁월했던 중홍이는 관동대학에 장학생으로 무난히 합격하였고 매사에 적극적, 능동적인 생활 태도를 인정받아 학생회 활동에도 참여하게 되었다.

지도력을 기르기 위해서 중홍이는 학군단에 지원하였고 당당히 합격하여 리더쉽을 키워 나갔다.

체육교육학과에 진학한 중홍이는 교사가 되기 위한 소양을 쌓는 한편 스포츠와 관련된 각종 자격증을 취득하는데도 최선의 노력을 경주하였다.

축구심판 등 각종 심판 연수회에도 참석을 했고 레크레이션, 마사지, 인명구조 등의 자격증을 다양하게 취득하였다.

특히 1학년 때 대한적십자사에서 주관하는 수상안전 자격증을 취득하여 방학 때마다 동해안 해수욕장에서 안전 요원으로 아르바이트를 했다.

안전요원으로 일하면서 중홍이가 구해준 사람들만 해도 20여명은 족히 넘는다.

중홍이는 대학 졸업 후 장교로 군에 입대했고 뛰어난 통솔력으로 부하 사병들로부터 존경받았음은 물론 윗 상사들로부터 사랑과 신뢰를 듬뿍 받았다.

중홍이는 자신의 꿈인 선생님이 되기 위해 복무연장을 강력히 권하는 연대장님의 제의를 과감히 뿌리치고 전역을 했으며 제대 후에는 서울의 학원에 등록을 하고 교원임용을 위한 공부에 최선의 노력을 다 했다.

그러나 당시 강원도에서는 체육교사를 뽑는 인원이 극히 제한 되어있어 아예 한 명도 뽑지 않는 해도 있었고 뽑아도 두 세 명이 고작이었다.

강원도 교육청에서는 중홍이가 제대하던 첫 해는 중등 체육교사를 선발하는 인원이 아예 없었고 두 번째 해에는 3명을 선발하였다.

중홍이는 이 때 지원했으나 실패를 했고 부모님과 누나들의 권유로 잠시 선생님이 되려는 자신의 꿈을 접고 일반 기업체에 취업을 하고 직장 생활을 하였다.

장교 출신으로 책임감 강하고 매사에 적극적인 중홍이는 직장에서도 자신의 능력을 인정받으며 장래가 촉망되는 사원으로 간부들의 기대를 한 몸에 받고 있었다.

하지만 중홍이의 가슴 한쪽 귀퉁이에는 자신이 중학교 시절부터 간직해온 선생님이 되려고 했던 꿈이 살아 꿈틀거리고 있었다.

중홍이는 직장 생활을 하면서도 내게 가끔씩 안부전화를 해 오곤했었는데 그 때마다 선생님에 대한 미련을 갖고 있음을간파할 수 있었던 차에, 녀석에게는 행운이 찾아 왔다.

1999년도에 사회전반에 걸친 구조조정의 여파로 교원의 정년이 갑자기 단축되면서 초등학교에서 선생님이 부족하게 되었고 교육부에서는 긴급 대책으로 영어와 예체능 교과에 대한 전문교과 교사를 중등자격증 소지자 중에서 기간제 교사로 채용하게 되었다.

나는 즉시 중홍이에게 정보를 제공해 주면서 빨리 준비할 것을 주문하였다.

중홍이는 중·고등학교가 아닌 초등학교의 선생님이라는 점과 기간제 교사라는 점 때문에 처음엔 머뭇거렸으나 녀석은 선생님에 대한 꿈을 버릴 수 없었는지 곧 시험에 응시하기로 결정하였다.

시험을 보기로 결정한 중홍이는 직장 상사의 만류를 뿌리치며 미련 없이 사직원을 제출하고 임용고시에 필요한 준비를 하였다.

체육 전문교과 교사는 교육학과 전공이론 그리고 실기고사를 치르게 되어 있었다.

공교롭게 체육 실기고사는 내가 근무하고 있는 강원사대부고 체육관에서 실시하게 되어 있었다.

나는 중홍이를 비롯하여 홍천고등학교에서 내가 가르쳤던 제자들 중 초등학교 기간제 교사 임용고사에 응시하고자 하는 희망자를 소집하여 강원사대부고 체육관에서 실기훈련을 하도록 하였다.

중홍이와 녀석들은 홍천에서 춘천으로 매일 다니면서 우리 학교 체육관에서 실기연습을 하며 임용고시에 대비하였다.

그리고 임용고시에서 모두 당당히 합격하는 영광을 차지하였다.

대학에서 중등체육교육학을 이수한 중홍이는 합격 후 춘천교육대학에서 3개월 이상의 초등학교 교사가 되기 위한 연수를 받았다.

사범대학을 졸업하고 다시 3개월의 연수를 받는 것이 힘들고 고통스러워 다른 제자들은 툴툴거리며 못마땅해했으나 중홍이는 중등과 초등은 교수학습 방법이나 교육과정이 틀릴 터이니 연수는 당연히 받아야하지 않겠느냐며 긍정적으로 받아들였다.

중홍이는 성실하게 연수를 이수하고 이듬해 3월 초등학교 기간제 교사로 발령을 받았다.

처음에는 체육 전문교과 기간제 교사로 속초시의 초등학교로 발령을 받아 전문교과 선생님으로서 학생들에게 체육을 가르치며 운동부 지도를 담당했다.

이후 여름과 겨울 방학기간을 이용하여 각종 연수를 받고 2년 뒤인 2001년 3월 급기야는 기간제가 아닌 정식교사로 재 발령을 받아 담임을 맡아 학생들을 가르치게 되었다.

인사차 나를 찾은 민선생은 초등학교 교사로서 교과지도에 열과 성을 다함은 물론, 운동선수들을 열심히 지도하여 자신이 꿈꿔온 훌륭한 선수를 반드시 양성해 내겠다는 자신의 야망을 펼쳐 보였다.

인제군 신남면 산간벽지의 조그만 분교로 첫 발령을 받은 민선생은 짧은 경력임에도 순박한 시골 학생들에게 사랑과 열정으로 가르치고 있어 마을의 주민들로부터 훌륭한 선생님으로 칭송이 자자하다.

민선생은 2001년 5월 어느 날 예쁜 신부감을 데리고 와서 결혼할 여자라며 인사를 시키고는 내게 결혼식 주례를 간곡히 청해 왔다.

민선생의 평생 반려자는 민선생이 대학 시절 해수욕장에서 안전요원으로 일할 때 구조해 준 것이 인연이 되었다.

나는 젊은 나이임에도 불구하고 삶을 적극적으로 살아가고 있는 민선생의 앞날을 축복해 주기 위해 기꺼이 허락하고 영광의 결혼식 주례를 보면서 심오한 인생을 다시 한번 배우는 계기를 가질 수 있었다.

@ 장학생된 주먹왕 복서 관철이

차관철이는 내가 홍천고등학교에 근무하고 있던 1990년 3월 복싱 특기자로 입학하면서 선수와 체육교사로의 만남이 시작된 학생이었다.

관철이는 고등부 복싱경기 체급 중에서 가장 가벼운 체급인 코크급의 선수로서 체격이 왜소하고 작았다.

그러나 관철이는 뛰어난 테크닉과 꾸준한 노력으로 홍천중학교시절부터 전국을 제패하며 우리 나라 경량급의 기대주로 주변 사람들의 기대를 한 몸에 받았다.

관철이는 중학교를 졸업하고 홍천중학교와 계열화되어 있는 홍천고등학교로 진학하게 되었다.

홍천고등학교에 입학해서도 관철이의 복싱지도는 홍천중학교에서 관철이를 발굴해 지도해 주시던 최준선 사범님이 계속해서 지도를 맡았다.

관철이와 최사범은 복싱체육관에서 함께 숙식을 하며 수년간 생활을 같이 해온 터라 서로의 눈빛만 보아도 무엇을 원하고 있으며 어떤 생각을 하고 있는지 이심전심으로 의사가 통할 수 있는 사이였다.

고등학교에 입학해서도 최사범님의 헌신적인 지도와 자신의 뼈를 깎는 훈련 속에 관철이는 한층 성숙된 최고의 기량을 익히며 여전히 전국에서 최강자로 군림하였다.

관철이는 1학년 때부터 각종 전국단위 복싱대회에 출전하여 상위권의 성적을 유지하였으며 2, 3학년 때부터 코크급은 그의 독무대였다.

관철이의 꿈도 다른 모든 복서들처럼 세계를 제패하여 챔피온 벨트를 차는 것이었다.

관철이는 세계 챔피온이란 자신의 꿈을 실현하기 위해 사각의 링 위에서 밤낮을 가리지 않고 연일 비지땀을 흘렸다.

관철이가 푸른 꿈을 가꾸어 가는 홍천복싱 체육관 입구에는 '머뭇거리지 말라, 그대는 챔프가 보이지 않는가?'라는 큼직한 구호가 현수막으로 걸려 있다.

관철이는 이 구호를 자신의 신념으로 가슴 속 깊은 곳에 간직하며 브레이크가 고장난 기관차처럼 멈추지 않고 정상을 향해 줄달음쳤다.

학교에 등교해서는 복도에서, 교실 뒷편에서 새도우 복싱을 했고 길을 가다가도 전봇대를 앞에 놓고 몸의 상체를 전후 좌우로(더킹과 위빙) 흔들어대며 연습을 하였다.

3라운드까지 경기를 치러야하는 복싱경기는 어느 경기보다 강인한 지구력을 요구하는 종목이다. 관철이는 지구력에 관한 한 타의 추종을 불허하였다.

매 경기마다 1, 2라운드에서 포인트를 빼앗겨도 3라운드는 늘 관철이의 라운드로 역전승하곤 했다.

어느 복싱 관계자는 '차관철이의 경기는 3라운드만 보면 된다'는 말을 하기도 했다.

모든 복싱선수들이 로드웍을 하며 지구력을 강화시키지만 관철이의 지구력은 평상시 체육관과 집을 뛰어다닌 구보의 생활화와 산악구보로 다져진 심폐기능의 강화에서 기인한다.

관철이는 학교 뒷산인 석화산에 구보 코스를 마련해 놓고 매주 수요일과 일요일 아침에 정기적으로 산악구보를 실시하였다.

동료들은 일주일에 한번 실시하는 산악 구보였지만 관철이는 '남과 같이해서는 앞설 수 없다'는 신념으로 동료 선수들이 쉬는 일요일에 혼자서 구보를 했으며 코스의 거리도 2~3㎞정도 더 연장하였다.

홍천군민체육대회에서 마라톤 경기를 하면 홍천군의 여러 고등학교에서 육상선수들이 출전하였는데 관철이는 전문적인 훈련을 받은 육상선수들을 제치고 항상 1위를 차지하곤 했었다.

복서로서의 관철이는 취약점으로 경량급 선수들의 공통점인 펀치력이 약한 것이라고 지적 받자 펀치력 강화를 위해 야간훈련 후 운동장에 설치해 놓은 해머치기대를 매일 혼자서 100회 이상 씩 치곤 하였는데 해머치는 소리에 운동장 주변 주민들이 시끄러워 잠을 자지 못하겠다며 집단으로 교장선생님을 찾아 항의하기도 하였다.

체급경기에서 선수들의 고통은 무엇보다도 체중조절에 따른 감량과 컨디션 관리이다.

한층 성장기에 있는 청소년기의 고등학생들에게 자신이 먹고 싶은 음식을 자제해야 한다는 것은 참으로 견디기 어려운 고통이다.

대부분의 선수들이 시합에 임박하여 체중을 급격히 줄이고 경기에 출전하지만 관철이는 평상시에 자신의 체중을 철저히 체크하며 체중을 관리한 덕분에 사우나 신세를 지지 않고도 언제나 최상의 컨디션으로 사각의 링에 오르곤 했던 것이 승리의 첫 번째 비결이었다.

투기 경기의 모든 체급경기는 마찬가지이겠지만 특히 복싱경기는 갑작스럽게 체중을 감량하고 링에 올라가면 평소 자신의 기량을 충분히 발휘하기가 매우 어렵게 된다.

1, 2라운드는 그런 대로 견딜 수 있겠지만 마지막 3라운드에 들어가면 감량한 선수의 한계가 두드러지게 나타나게 마련이다.

이런 차원에서 관철이는 자기 관리를 철저히 하였다. 학교의 책상 밑에는 휴대용 저울이 늘 준비되어 있었고 필요시 언제든지 체중을 확인하는 꼼꼼함이 관철이를 지켜주었다.

최 경량급의 관철이가 고3이 되면서 체중조절에 한계가 오는 듯했으나 그는 식이요법 등으로 끝까지 자신의 체급을 유지하며 경기에 임할 수 있었다.

여하튼 관철이는 홍천고등학교 3년 내내 전국단위 각종 대회에서 우승을 차지하며 청소년대표로 선발되는 등 모교의 명예를 크게 빛냈으며 자신의 꿈인 세계 챔프가 되기 위한 착실한 전진을 계속하였다.

1992년관철이가 고3이 되자 복싱부 팀이 있는 전국의 각 대학에서는 이미 전국적으로 널리 알려진 관철이를 스카우트 대상 0순위로 정해 놓고 서로 스카우트하기 위하여 치열한 신경전을 전개하였다.

그러나 관철이는 서울의 복싱명문대학에서의 스카우트제의를 과감히 뿌리치고 자신을 발굴하고 6년간이나 가르쳐주신 최사범님 밑에서 운동을 계속하겠다며 홍천에서 가까운 강원대학교를 선택하였는데 체육교육학과가 아닌 경영학과로 진학하게되었다.

당시 학교의 많은 선생님들과 주변사람들이 관철이의 뛰어난 기량과 재능으로 볼 때 운동에만 전념할 수 있는 서울 소재 명문대학 체육학과로 진학하는 것이 장차 세계 챔프를 꿈꾸는 관철이에게 복싱 경기력 향상을 위한 최선의 선택이라며 서울 쪽으로의 진학을 강력하게 권유했다.

그러나 관철이는 '어느 대학에 가서나 자기 하기 나름'이라며 자신의 의지를 굽히지 않았다.

자신을 6년간이나 지도해준 사범님하고 사제지간의 의리를 지키기 위한 고뇌에 찬 결정이었다. 이 때부터 관철이에게는'의리의 사나이 돌쇠'라는 별명이 붙게되었다.

강원대학교에 진학하고 운동을 계속하던 관철이는 1학년 과정을 마치고 휴학과 함께 국군체육부대인 불사조 군단 상무로 입대하였다.

상무에 입대해서도 관철이의 기량은 여전히 발군의 실력이었다.

관철이는 국가대표로 선발되어 크고 작은 각종 국제대회에 쉴 틈 없이 출전해서 국위를 크게 선양하였으며 국내대회에서도 늘 자신의 체급인 라이트 플라이급에서 1인자로서의 자리를 굳건히 지키고 있었다.

운동세계에서는 정상에 도전하기 위한 과정도 힘들고 어렵지만, 정상을 지켜내기 위해서는 더 어렵고 힘든 고통이 따르게 마련이다.

하지만 관철이는 세계 제패라는 자신의 원대한 꿈을 현실로 만들기 위해 자만하지 않고 항상 최선을 다했다.

관철이는 선수로서의 기량도 최고였지만 무엇보다도 사람됨됨이가 챔피온감이었다.

학교 선생님들께는 물론이고 모든 웃어른들께 깍듯한 예절과 반듯한 용모로 항상 칭찬을 받았으며 동료선수들간에도 유명선수라고 해서 위계질서를 깨트리거나 거만하게 행동하지 않았다.

관철이는 철저히 두 얼굴을 가진 사나이였다. 사각의 링 위에서는 성난 사자와 같이 투혼을 발휘하지만 경기가 끝나고 링을 내려오면 순한 양 그 자체였다.

관철이는 고등학교 시절에도 일반학생들과 잘 어울렸으며 그의 온화한 성품으로 친구들이 많았다.

자기의 성장에 작은 도움이라도 주신 분들에게는 연말이면 어김없이 연하장을 보내고 외국시합에 출전하면 외국의 기념 엽서를 구입해 감사의 마음을 담아 보내 오곤 하였다.

이렇듯 앞만 보고 달리는 관철이에게 뜻하지 않은 불행의 어두운 그림자가 엄습해 왔다.

복싱은 글러브를 끼고 상대선수를 가격해야하는 경기이기 때문에 아무리 훌륭한 기량을 지녔다하더라도 맞지 않고 운동을 할 수는 없는 종목이다.

중학교 1학년부터 고등학교를 거쳐 대학 상무에 이르기까지 국내는 물론 국제적으로 크고 작은 각종대회에 수 없이 출전한 관철이는 상무를 제대하고 더 이상 선수생활을 지속할 수 없는 부상을 당하게 되었다.

관철이의 부상은 시합이나 훈련 중에 어떤 사고에 의해 발생한 것이 아니고 오랜 기간 동안 시합과 연습 스파링을 하며 누적되어 온 부상이었으므로 회복이 여의치 못했다.

가끔은 세계 프로복싱 헤비급의 영웅인 미국의 '무하마드 알리'처럼 파킨스씨병 환자인양 몸을 떨며 어지러워하는 모습을 보이기도 했다.

이제 관철이에게 있어서 더는 복서가 아니었다.

사각의 링을 휘저으며 날렵하게 상대방을 제압하던 관철이의 용맹스러운 모습은 전설이 되어 그의 가슴 한 귀퉁이에 추억으로 자리잡고 있을 뿐이었다.

세계 챔프가 되겠다던 야망으로 가득차 있던 관철이는 이제 자신의 오랜 꿈을 접고 평범한 경영학도 대학생으로서 진로가 완전히 변경될 수밖에 없는 처지가 되어 버렸다.

그러나 초등학교 이후 10여 년 이상을 책과는 담을 쌓고 오로지 링 위에서 챔프의 꿈을 먹으며 물불을 가리지 않고 투혼의 샌드백을 두드려온 관철이에게 공부는 전혀 생소한 새로운 미지의 세계였다.

관철이가 제대를 하고 고향으로 돌아오자 그를 아는 모든 주위 사람들이 관철이의 장래를 걱정하였다.

대학, 그것도 경영학과로 복학을 해야하는데 이제 운동을 지속할 수 없게되었으니 과연 학점을 제대로 이수하여 졸업이나 할 수 있겠느냐는 회의적인 걱정이었다.

많은 복싱인들로부터 홍천복싱 체육관에서 최사범님을 도와 후배들을 지도하는 것이 어떻겠느냐는 코치 제의도 있었지만 제대 인사차 나를 찾은 관철이는 '운동을 하던 정신자세와 상무부대에서 익힌 군인정신이면 못할게 없다'며 나름대로 공부에 대한 강한 자신감을 보였다.

이후 관철이는 복학준비를 하였다. 내가 가끔 책을 빌리기 위해 홍천 공공도서관에 가보면 어김없이 관철이가 도서관에서 공부를 하고 있었다.

아무리 살펴보아도 글러브를 끼고 링 위에 있어야할 관철이가 책을 옆구리에 끼고 도서관에 있는 모습은 어딘지 모르게 제 모습 같지 않고 어색해 보였다.

도서관에서 공부하다 나를 만난 관철이는 내게 자신과 같은 경영학과 학생 중 홍천에서 통학하는 후배가 있으면 한 명 소개해 달라고 부탁을 했고 나는 수소문해서 홍천고등학교를 졸업하고 강원대학교 2학년에 재학 중인 관철이의 후배를 찾아 소개해 주었다.

관철이는 소개받은 후배에게 대학에서 배우는 과목들을 특별지도 받으며 공부하는 요령을 익혀 나갔다.

제자들을 통해 전해오는 이야기도 관철이는 도서관에서 밤 낮 없이 살고있다시피 했고 내가 도서관에 직접 가보아도 여전히 관철이는 책과 씨름을 하며 열심히 공부를 하고 있었다.

관철이는 세계 챔프의 꿈을 품고 청소년기를 보낸 복싱체육관에는 완전히 발을 끊었다.

내가 관철이에게 가끔 체육관에 들려서 국가대표 출신의 선배로서 복싱체육관의 후배들에게 좋은 이야기를 들려주는 것이 어떻겠느냐고 권유해 보기도 했으나 '죄송하지만 글러브를 보거나 후배들을 만나면 공부하는데 집중력을 잃게된다'며 철저히 외면하였다.

해가 바뀌고 관철이는 강원대학교 경영학과에 복학하였고 나도 공교롭게 1997년 강원대학교 사범대학 부설고등학교로 옮겨 근무하게 되었다.

나는 관철이를 좀더 가까운 곳에서 지켜 볼 수 있게 되었다. 내가 홍천에서 춘천까지 출퇴근하는 관계로 관철이를 자주 만나지는 못했지만 그의 후배들을 통해서 '관철이 형은 도서관에서 공부만 한다'는 이야기를 계속해서 들을 수 있었다.

관철이라는 이름 뒤에는 언제나 '도서관'이라는 단어가 따라다녔다.

관철이 자신도 어쩌다 나를 만나면 '생각보다 잘 안 되지만 열심히 공부하며 대학생활에 적응하기 위해 노력하고 있다'고 말했다.

1년이 지난 1998년 스승의 날 후배들과 함께 관철이는 강원사대부고로 나를 찾았다.

관철이와 함께 온 다른 녀석이 '선생님, 관철이형 장학생 됐어요' 하며 기쁜 소식을 전해 주었다. 관철이 자신도 자랑스럽게 '선생님 저 장학금 받았습니다'하고 이야기를 하는데 나는 놀라지 않을 수 없었다.

관철이는 성적우수 장학생으로 학비를 감면 받았으며 특기생으로 입학한 학생이라 운동 외에는 아무것도 기대하지 않았던 교수님들로부터 성실 근면함과 노력하는 자세를 인정받아 가장 신뢰받고 사랑 받는 대학생이 되어 대학의 참 지성인으로서 우뚝 설 수 있었다.

관철이는 챔프에서 장학생으로 변신을 시도했고 피와 땀 그리고 눈물을 앞세운 그의 불굴의 신념은 그를 멋지게 성공이라는 결정체로 거듭나게 했다.

나는 장학생이된 관철이를 진심으로 축하해 주었으며 이번에 받은 장학금으로 관철이는 한 순간의 장학생이 아니라 영원한 장학생이 된 것이라고 격려해 주었다.

그리고 세계 챔피온 벨트의 가치를 뛰어 넘는 소중한 장학금이라고 높이 평가해 주지 않을 수 없었다.

장학생 관철이는 장학생에 만족하지 않고 자신이 공부하고 있는 경영학 분야에서 대학원에 진학하여 더 깊이 있는 공부를 하겠다며 그의 목표를 한 단계 더 높여가고 있다.

@ 모든 선생님들의 아들 이백

1993년 나는 3학년이 아닌 2학년 담임을 맡았다가 이듬해인 1994년 3학년 담임을 하게 되었다.

이백이는 이때 내가 홍천고등학교에서 2, 3학년 2년 간이나 담임을 연속으로 맡았던 학생 중 한 명이었다.

교직생활을 20여 년간 하면서 수백, 수 천명의 학생들을 만나고 가르치고 헤어졌지만 이백이 만큼 성실하고 부지런하며 심지가 올곧은 멋진 학생들은 많지 않았던 것으로 기억된다.

2학년 때 처음 이백을 담임선생님과 제자 관계로 만났는데 이백이라는 이름도 독특하지만 품행이 반듯하고 구김살 없이 밝고 명랑했으며, 사고가 건전하고 자기 주장이 분명함은 물론 목표와 주관이 뚜렷한 모범 학생이었다.

이백이가 2학년이던 1993년 학년초 어느 날 나는 생활기록부를 살펴보다가 학생은 성이 이씨인데 아버지의 성은 권씨인 학생을 발견하였다. 바로 이백이었다.

나는 녀석을 교무실로 불러 아버지와 성씨가 다른 기이한 사연을 확인하였다.

이백이는 나의 질문에 감추거나 숨김없이 자세하게 자초지종을 설명해 주었다.

이백이 아버지가 돌아가시고 이백이와 둘이서 힘겹게 살아가던 어머니는 부인이 없는 새 아버지와 재혼을 하셨는데 결국 두 가정이 합쳐 한 가정을 이룬 것이었다.

새 아버지의 가정에는 형제도 많았고 할머니도 계셨으나 이백이는 어머니와 단 두 식구였다.

두 가정을 합쳤다고는 하지만 결국 이백이와 어머니께서 새 아버지 집으로 들어가 합쳐진 가정이었으므로 이백이는 그 만큼 운신의 폭이 좁았다.

이백이는 품행이 반듯하고 학교 공부도 잘했으며 운동에도 빼어난 기능이 있어 팔방 미인인 반면 아버지 쪽의 형제들은 공부는 잘했으나 형제가 많은데다 여러 가지로 이백이와는 차이가 있었다.

따라서 매사에 양쪽 형제들이 자연스럽게 비교가 될 수밖에 없었고 이는 곧 갈등의 원인이 되곤 했었다.

두 가정이 한 가정으로 만들어지는 과정에서 이백이는 초등학교 입학이 늦어져 동료 학생들보다 나이가 두 살 더 많았다.

그러나 녀석은 나이에 연연하지 않고 동생뻘 되는 동창들과 친구로 어울려 즐거운 학교 생활을 하였다.

이백이는 초등학교 5, 6학년 때 탁구선수로 활동하였는데 발군의 기량으로 강원도 대회에서 개인전 3위를 했던 입상실적도 갖고 있으며, 특히 글쓰기와 책읽기를 좋아하고 발표력이 뛰어 났으며 학업성적도 우수하였다.

이백이가 2학년 겨울 방학 때 교무실 난로가에 여자선생님들이 모여 앉아 대화를 나누는 자리에서 한결 같이 '우리 아들이 2학년 1반의 이백처럼 반듯하게 성장해주었으면 좋겠다'는 말을 하는 것을 듣고 내가 이백이의 담임이라는 사실이 매우 자랑스러웠다.

이백이는 늘 선생님들의 사랑을 독차지함은 물론 동료들과의 사이에서도 출중한 리더쉽을 발휘하였다.

그런 그가 3학년초에 잠시 방황했던 시간도 있었다.

모두들 자신이 진학할 대학과 학과에 대한 목표를 정하고 열심히 학업에 정진하고 있는 때에 이백이는 집중력을 잃고 멍하니 학교 창 밖을 내다보곤 하는 것이었다.

나는 평소의 이백이 모습과는 판이하게 달라진 어두운 모습과 학교 생활태도에서 이백이 주변에 문제가 있음을 직감하고 즉시 교무실로 불러 상담을 하였다.

이백이의 할머니께서 '집안도 어렵고 형제도 많은데다가 아버지 쪽의 누나들이 대학에 진학하지 않았으니 이백이도 고등학교를 졸업하고 직장에 취업이나 하라'는 말씀이 있으셨다는 것이다.

이백이의 어머니와 새 아버지는 한 가정을 이루기 전에는 생활이 서로 몹시 궁핍했었다. 하지만 두 가정이 합친 이후에는 어느 정도 안정된 생활을 할 수 있었으나 형제가 많아 어려움은 여전하였다.

나는 이백이 정도면 조금만 더 노력해서 성적을 향상시키면 장학금을 받고 대학에 충분히 진학할 수 있다고 용기를 북돋워 주었다.

원래 심지가 곧은 아이라서 그런지 이백이의 방황은 길지 않았다.

평소 책읽기와 글쓰기를 좋아해 학교에서 아이들에게 국어를 가르치는 것이 장래 희망이었던 이백이는 국립대학이면서도 학비가 저렴한 한국교원대학에 진학하기로 목표를 정하고 학업에 정진했다.

집이 학교에서 시내버스를 타고 30여분 거리에 있는 관계로 늘 통학을 했던 그는 버스 안에서도 책을 보았으며 집에 가면 부모님과 할머니를 설득하기 위해 집안 농사일도 정성으로 돌보았다.

이 시절에는 한국교원대학에 진학하기 위해서는 강원도 교육감의 추천을 받은 자에게만 학과별로 1명씩 지원자격이 주어졌으므로 웬만한 성적으로는 교육감의 추천을 받기가 어려워 지원하기가 쉽지 않았다.

이백이는 학교 내신 성적은 상위권을 유지했으나 모의고사 성적이 늘 기대에 미치지 못해 본인은 물론 이백이를 아끼는 주위의 많은 선생님들께서도 매우 안타까워하셨다.

이백이는 8월 모의고사 시험이 끝나면서 기대이하로 나온 성적표의 점수 앞에 자신의 진로에 대한 심한 정신적 갈등을 겪게 되었다.

결국 이백이는 1994년 2학기가 시작되는 9월초 내게 다시 상담을 의뢰해왔다.

현재의 성적으로는 한국교원대학교 국어교육학과에 지원하기에는 많이 부족하니 학과를 체육으로 바꾸어서라도 꼭 한국교원대학교에 진학하고 싶으니 도와달라는 것이었다.

초등학교 시절 탁구선수의 경력도 있고 운동에는 남다른 소질과 적성이 있으니 담임선생님처럼 체육선생님이 되어 학생들을 가르치겠다며 한국교원대학교 진학에 대한 집념을 버리지 않았다.

이백이는 홍천고등학교에 입학해서도 매년 개최되는 강원도민체육대회 탁구경기에 홍천군 대표선수로 출전하여 경기력을 향상 시켜왔었다.

이백이의 뛰어난 운동 기능을 잘 알고 있는 나는 흔쾌히 동의하고 한국교원대학에서 실시하는 실기고사에 대한 정보를 얻는 등 실기종목 준비에 만전을 기했다.

같은 해 그의 동료들 중에는 대학을 체육계열 학과로 진학하기 위해 준비하는 학생들이 20여명이 넘게 있었다. 여기에서도 이백이의 행동은 단연 독보적이었다.

뒤늦게 합류했지만 운동 기능도 뛰어났으며 훈련에 임하는 자세가 매우 적극적이었다.

자신은 늦게 시작했으니 말뚝 당번이라며 늘 동료들 보다 먼저 나와 운동 기구와 준비물을 챙겼으며 누가 시키지 않았음에도 뒷정리는 항상 그의 몫이었다.

실기훈련이 시작되면서 이백이는 기초체력 진단검사 결과 순발력은 좋으나 지구력이 약한 것으로 파악되자 시내버스로 통학하던 먼 거리를 집에서부터 뛰어서 등·하교하며 부족한 지구력을 강화시켰다.

당시 한국교원대학교의 체육교육학과에 지원하기 위해 교육감의 추천을 받으려면 운동기능이 탁월하고 내신성적도 좋아야했지만 추천 기준은 무엇보다도 학력고사 성적이 우수해야 가능했다.

따라서 이백이는 실기 훈련을 실시하면서도 학력고사 성적을 높이기 위해 혼신의 노력을 기울였다.

강도 높은 운동으로 땀을 흘리고 교실에 들어오면 대부분 피곤해

졸음을 견디지 못하고 쩔쩔 매게 마련이지만 목표를 향한 집념이 강한 이백이는 달랐다.

이백이는 졸음이 쏟아지면 옆짝 친구에게 부탁하여 졸음을 쫓곤 하는 지혜를 발휘하곤 했다.

예체능으로 전환하여 실시한 10월 모의고사 성적이 크게 향상되면서 이백이는 완전히 자신감을 찾았다.

1994년 학력고사 결과 이백이는 예체능 계열에서 전국 상위 3% 이내의 성적을 확보했고 결국 강원도에서 단 한 명이 추천되는 교육감의 추천을 받는데 성공했다.

자신이 진학하고자 목표한 대학에 절반의 성공을 거둔 이백이는 본격적으로 실기 연습에 매진하였다.

홍천고등학교에는 체육관이 없었으므로 나는 홍천중학교에서 관리하는 홍천학생 체육관을 이용하여 실기 연습을 지도할 수밖에 없었다.

겨울철 난로도 없는 중학교 체육관의 지하실에 있는 웨이트실은 늘 이백이가 뿜어내는 열기로 가득했다.

이백이는 아예 중학교 체육선생님께 말씀드리고 직접 웨이트실 열쇠를 가지고 다니며 필요시 언제든지 이용하는 지혜를 발휘하였다.

겨울에 눈이 와서 운동장이 온통 흰눈으로 뒤덮이는 날에도 집이 동료들 가운데 학교에서 가장 먼 거리에 있는 이백이는 제일 먼저 등교하여 운동장의 제설작업을 하며 운동준비를 하였다.

실기고사를 한 달여 앞두고 한국교원대학의 실기 종목 중 하나인 기계체조의 철봉 차오르기가 생각대로 잘되지 않자 이백이는 이틀에 한번씩 체조 육성학교인 춘천초등학교 체육관을 찾아 어린 초등학교 체조 선수들로부터 차오르기 요령을 배웠다.

짧은 시간 내에 배우려는 의욕이 앞선 이백이는 철봉의 마찰에 의해 손바닥이 벗겨지는 부상을 입었다.

나는 치료가 다 될 때까지 철봉운동은 쉬는 것이 좋겠다고 했으나 이백이는 초등학교 학생들하고의 약속이니 참고 해 내겠다며 벗겨진 손에 붕대를 감고 아픔을 참으며 철봉을 잡고 초등학생이 가르쳐 주는 대로 연습을 하면서 완벽하게 해내는 왕성한 성취의 욕을 발휘하였다.

이백이는 한국교원대학에서 실시하는 실기고사를 치르기 위해 출발하기 전날까지 전 종목에 걸쳐 만점에 가까운 기록을 만들어 내는 집념과 근성을 보였다.

드디어 실기와 면접고사를 치르기 위해 한국교원대학으로 간 이백이는 대학입학시험에서 면접고사는 물론 실기고사 여섯 종목을 모두 만점을 받으며 우수한 성적으로 당당히 합격하였다.

한국교원대학교에 우수한 성적으로 합격한 이백이는 국비의 기숙사 생활과 저렴한 등록금으로 부모님의 경제적인 부담을 최소화하며 가족들에게 떳떳하고 당당한 대학 생활을 할 수 있었다

대학에 진학한 이백이는 한국교원대학교의 홍보에도 적극적으로 나섰고 입시에 필요한 다양한 정보를 보내와 이듬해 또 한 명의 후배가 한국교원대학교 체육교육학과에 진학할 수 있도록 도움을 주었다.

@ 장군의 꿈을 꾸는 대희

변대희, 그의 꿈은 대한민국 육군 장교가 되어 직업군인으로서 조국의 방패가 되는 것이었다.

전형적 시골인 강원도 홍천군 두촌면에 위치한 두촌중학교를 졸업하게 되는 대희는 1992년 10월 고등학교 진학을 앞두고 심각한 고민을 하고 있었다.

홍천군 관내 중학교 3학년 학력고사에서 항상 상위권을 유지하던 그는 다른 동료들과 같이 대도시에 나가 공부하고 싶은 욕심이 누구보다 컸다.

그러나 아버지는 고혈압과 당뇨병, 어머니께서는 허리디스크와 불면증 등의 고질적 지병으로 두분 부모님이 모두 고생하시면서 남의 농토를 빌려 농사를 짓는 소작농의 가정환경이었다.

따라서 가정형편의 어려움을 생각할 때 대희의 욕심은 현실과 거리가 멀었다.

이 때 나는 홍천고등학교의 교사이자 동문의 입장에서 우수학생을 유치하기 위해 학교 홍보 차원으로 홍천군 관내 중학교를 순회하는 과정에서 그를 처음 만났다.

검은 얼굴에 키가 큰 대희의 눈은 유독 빛나고 있었는데 자신의 목표는 '육군사관학교에 진학하여 장교가 되는 것'이라고 분명한 목소리로 말하였다.

나는 외지 고등학교로의 유학보다 지역의 학교인 홍천고등학교에 진학하는 것이 내신 성적에 절대적으로 유리해 군인 장교가 되고자하는 꿈의 실현에 더욱 유익할 수 있으며 기숙사 입사는 물론 성적에 따라 기숙사비를 장학금으로 지급 받을 수 있음을 강조했고 가정형편이 어려운 대희는 심사숙고 끝에 홍천고등학교로 진로를 결정하였다.

예상대로 대희는 1993학년도 신입생 선발을 위한 홍천고등학교 입학시험에서 수석합격을 차지하였고 약속대로 기숙사비와 교납금 전액을 장학금으로 지급 받으며 기숙사에 입사하였다.

대희는 홍천고등학교에 입학해서 자신이 어린 시절부터 꿈으로 간직해온 육군사관학교 진학을 목표로 열심히 학업에 정진하면서도 토요일이면 학교 일과가 끝나기 무섭게 시골집으로 귀가하여 일요일까지 몸이 불편하신 부모님을 도와 집안의 농사일을 거들었다.

대희는 초·중학교 시절에 육상 단거리 달리기 선수로 각종대회에 출전한 경험을 갖고 있어 운동도 잘했고 교우관계도 원만하여 다른 학생들과도 쉽게 친해졌다.

대희의 고등학교 학창 생활은 장학생 그 자체로서 나무랄 데 없는 모범학생이었다.

대희가 3학년이 되었고 어려서부터 자신의 인생목표로 정한 사관생도가 되기 위한 준비에 더욱 박차를 가했다.

사관학교는 특차로 9월 초에 시험을 실시하기 때문에 학교에서는 육, 해, 공 삼군사관학교에 응시하고자 하는 학생들을 모아 별도의 관리를 하며 사관학교 입시에 맞추어 보충수업을 실시하였다.

이 때 대희는 임시 사관학교반의 반장을 맡고 왕성한 책임감 아래 열심히 공부하였다.

그러던 어느 날 사관학교에 진학하기 위하여 동료들과 함께 병원에서 신체검사를 실시하였는데 검사결과가 대희를 경악케 하였다.

신체검사 결과 사관학교 진학에 결격 사유가 되는 간염보균자로 판정된 것이었다.

믿기지 않은 대희는 이 병원 저 병원을 옮겨가며 여러 차례 신체검사를 받았으나 결과는 역시 모두 같은 간염으로 판명되었다.

이 후 대희는 좌절하고 방황하며 헤맸다. 대희의 실망감은 말로 표현 할 수가 없었다. 망연자실한 그는 보름 이상 책과 인연을 끊고 방황하였다.

학교 선생님들도 안타까워했고 대희의 어머니께서는 지병으로 고생하시는 가운데도 불편하신 몸을 이끌고 학교에 직접 오셔서 대희의 진로를 걱정하셨다.

그러던 어느 날 비장한 각오로 교무실의 나를 찾은 대희는 국군 장교가 되기 위한 방법을 묻고 ROTC제도에 대하여 소상하게 알아보았다.

그리고는 어린 시절부터 꿈으로 간직해 온 장교가 되기 위해 첫 번째 목표로 정했던 육군사관학교에 대한 미련을 과감하게 포기하고, 장교가 될 수 있는 또 다른 방법인 대학에 진학하여 ROTC를 통해서라도 기필코 군인 장교가 되는 길을 찾겠다며 진로 변경을 협의 해 왔다.

대희는 운동을 좋아할 뿐만 아니라 중학교 때 육상 선수로 활동한 경력도 있으니 서울대학교 체육교육학과로 새로운 목표를 정해 도전해 보겠다며 결연한 의지를 다졌다.

대희는 명문대학을 졸업하는 것이 계급사회의 특징인 군대에서 승진에 어느 정도 도움이 되지 않겠느냐는 생각으로 반드시 서울대학교에 진학하겠다는 것이었다.

이 후 대희는 언제 방황했었냐는 듯 실기 연습과 공부를 병행하면서 또 다른 집념을 불태웠다.

다행히 대희가 초·중학교 시절 육상선수 생활을 했던 경험이 체육교육학과 입학을 위한 실기 훈련에 쉽게 적응 할 수 있는 바탕이 되었다.

서울대학교 체육교육학과로 방향을 급선회한 대희는 실기 능력도 뛰어났고 모의 고사를 인문계에서 예체능으로 바꾸어 보면서 학업 성적도 날로 향상되었다.

실기 훈련에 적응이 되고 모의고사 성적이 향상되어 가면서 대희는 완전히 자신감을 회복하였다.

대희는 3학년 인문계에서 내신성적이 전체 1위였다. 예체능으로 보는 모의 고사는 시험을 볼 때마다 전국 석차에서 10위권 내의 성적을 늘 유지하였다.

그러나 신은 또 한번 그에게 시련을 주었다. 1995년 11월 실시한 대학수학능력시험 당일 2교시 째 심한 복통으로 시험을 제대로 보지 못한 대회는 수능 성적이 기대 이하로 매우 저조하였다.

도저히 서울대학교에 응시하기에는 어려운 점수였다. 나는 은근히 다른 대학에 진학하도록 유도하였으나 대회는 오직 한 길이었다.

논술시험, 내신성적, 면접, 실기고사 등이 남아있는데 포기란 있을 수 없다는 것이었다. 그리고 대회는 서울대학교 체육교육학과를 목표로 더욱 실기 훈련에 매진하였다.

논술 준비를 위해서 대회는 국어선생님께 매달렸다. 국어 선생님께서 매일 주제를 정해 주시면 실기 훈련이 끝나는 대로 교실에서 시간을 재어가며 논술을 쓰곤 하였다.

대회가 논술을 써서 제출하면 내가 먼저 일차 점검을 하고 국어 선생님께서 매일 첨삭 지도를 해 주셨다.

학교 교무실에 들어오는 신문의 사설이나 칼럼은 모두 대회가 스크랩하여 읽고 분석하며 논술 준비에 만전을 기했다.

1996년 1월 서울대학교 실기시험이 있는 날 나는 대회와 함께 서울대학교로 갔다. 첫 날 논술과 면접시험을 치르고 다음 날 실기고사를 실시하도록 되어 있었다.

실기고사를 치르는 날 첫 실기 종목이 핸드볼 공 멀리 던지기였는데 긴장한 탓에 두 번 모두 손에서 공이 빠져 학교 연습기록의 절반에도 못 미치는 매우 저조한 기록이었다.

실기 고사장에 들어가지 못하고 운동장 밖에서 수험생들의 실기고사 모습을 바라보는 나는 속이 탔다.

하지만 다음 종목을 수검하러 이동하면서 나를 본 대회는 '열종목 중 이제 한 종목 끝났는데요. 뭐, 선생님 걱정하지 마세요'하며 오히려 나를 위로하는 여유를 보였다.

대희의 두둑한 배짱 덕에 나머지 종목의 실기 고사는 비교적 연습 기록을 상회하는 좋은 성적을 올렸다.

논술 시험도 학교에서 준비하고 연습했던 것과 유사한 경향으로 출제되어 자신 있게 썼다고 했다.

서울대학교 실기 고사가 끝나고 홍천에서 불합격에 대비하여 후기대학 실기고사 준비를 하고 있는 어느 날 서울대학교 합격자 발표가 있었다.

나는 그동안 매년 서울대학교 체육교육학과에 대희 선배들을 진학시킨 경험과 여러가지 정황으로 미루어 볼 때 불합격했을 것이라고 예상하고 있었다.

하지만 나의 예상은 철저히 빗나갔다. 대희는 당당히 합격 통지서를 받았고 나를 찾아 감사해 했다.

나는 축하와 함께 만사 제쳐놓고 간염치료부터 받을 것을 강력하게 주문하였다.

ROTC는 사관학교처럼 신체검사가 까다롭지는 않지만 그래도 선발 기준에서 신체검사가 중요한 것은 당연하며 특히, 간염은 단체생활을 하는데 있어서 결격 사유가 되어 합격에 장애가 되는 질병이기 때문이었다.

서울대학생이 된 대희는 여유를 갖고 간염 치료를 받으며 성실하게 학교 생활을 하였는데 사범대학 체육교육학과이지만 선생님이 되는 교직에는 애초부터 관심이 없었고 오직 군 장교가 되기 위한 ROTC에만 깊은 관심을 갖고 학군단 후보생이 되기 위한 준비를 게을리 하지 않았다.

2학년 여름 방학이 지나고 나서 대희는 나를 찾았는데 ROTC 시험에 최종합격 되었다며 대학 합격 당시보다도 더 좋아했다.

집안 형편이 어려운 대희는 힘든 군사학 훈련을 받으면서도 학생 과외 등의 아르바이트를 해서 고향에서 홍천고등학교에 다니는 동생의 학비를 지원해 주는 등 지병으로 고생하시는 부모님의 경제적 부담을 덜어드렸다.

1997년 나는 강원사대부고에서 서울대학교 체육교육학과에 관심을 갖는 학생들이 있어 대희에게 연락을 하고 입시와 관련된 정보를 얻고자 했다.

대희는 바쁜 일정 속에서도 각종 입시자료를 수집하여 춘천으로 직접 내려와 친절하고 자상하게 안내해 주는 등 매사에 적극적이었다.

그 해 강원사대부고 학생들은 서울대학교 진학에 실패했지만 같이 운동을 하며 도움을 받았던 춘천여고 학생 한 명이 서울대학교 체육교육학과에 진학할 수 있었다.

1996년 2월 대학을 졸업하고 자랑스런 육군소위로 임관한 대희는 푸른 제복에 빛나는 소위계급장을 어깨에 달고 춘천에 있는 나를 찾아 거수경례를 하며 신고식을 하였다.

나는 대희의 ROTC 대 선배로서 거수경례로 인사를 받으며 축하해 주었다.

어린 시절부터 꿈꿔온 자신의 목표를 집요한 노력으로 현실로 만든 녀석은 내게 또 다른 목표가 있는데 그것은 '장군이 되는 것'이라고 털어놓았다.

대희의 성실성과 실천력 그리고 목표를 향한 강인한 불굴의 의지를 누구보다 잘 아는 나는 먼 훗날 그의 어깨 위에서 별이 빛날 것이란 확신을 가져본다.

@ 집념으로 입은 범석이의 생도 제복

양범석, 그는 내가 담임도 아니면서 특별한 관심을 가졌던 몇 안 되는 학생 중 한 명이었다.

범석이는 1997년 강원사대부고 3학년 7반의 학급 실장이었다. 아버지가 군인이셨던 탓인지 그의 행동 하나 하나에는 절도와 예절이 흠뻑 배어있었다.

교무실에서 선생님들과 간단한 대화를 나누어도 범석이는 부동자세로 반듯하게 서서 또렷또렷하게 대답을 하거나 큰 소리로 질문을 하곤 하였다. 즉 군인 그 자체였다.

이기적이고 자신의 주장이 강한 신세대라고 보기에는 조금도 어울리지 않는 책임감 강하고 희생과 봉사 정신이 투철한 빈틈없는 학생이었다.

그러면서도 친화력이 강해 학급 학생들로부터 리더쉽을 인정받고 있었으며 학교 후배들로부터도 존경받는 선배였다.

함께 근무하는 선생님들도 그의 반듯한 행동에 혀를 내둘렀으며 이구동성으로 요즘 아이가 아니라고 한 마디씩 하였다.

범석이의 행동은 18세기 청소년이었으며 생각은 철저히 21세기 신세대 학생이었다.

범석이는 매사에 긍정적, 적극적인 사고를 지녔으며 같은 학년에 학급별로 어떤 조사나 지시가 전달되면 선착순으로 완료되는 학급은 언제나 범석이네 반이었다.

범석이는 학급의 궂은 일은 물론 동료들의 작은 어려움도 앞장서서 해결해 주려고 노력하였다.

강원사대부고는 전통적으로 교내체육대회가 개최되면 학급단위로 비싼 기기의 앰프를 대여하여 응원전을 전개하곤 했는데 학급별로 경쟁하듯 앰프의 출력을 높여 큰 응원소리에 학교 주변 아파트 주민들의 원성을 사곤 하였다.

학교측에서는 앰프사용을 제한하기로 하였으나 이미 많은 경비를 들여 앰프를 빌리고 응원 준비를 해온 학생들에게는 불만의 요소가 많았던 지시였다.

남학생 다섯 반 중에서 본부석의 통제에 제 때 따라준 학급은 범석이가 대표로 있는 7반 뿐이었다. 뿐만 아니라 7반은 선수 출전에서 응원단의 이동에 이르기까지 질서 정연하게 이루어져 응원상과 질서상을 수상하였는데 이는 범석이의 철저한 사전 준비와 통제 등 뛰어난 리더쉽이 있었기에 가능한 결과였다.

범석이네 학급은 앰프 없이도 멋있는 응원전을 전개할 수 있다는 사실을 입증해 주었고 이후 강원사대부고 교내체육대회에서 앰프를 동원하여 응원하는 풍토는 완전히 자취를 감추게 되었다.

범석이의 꿈은 아버지의 영향을 받아서인지 육군사관학교에 진학해서 아버지처럼 직업 군인이 되는 것이었다.

범석이는 육군사관학교 진학을 목표로 열심히 공부했다.

범석이는 사관학교 지원의 중요한 기준이 되는 내신 성적의 향상을 위해 학교 자율학습이 끝나면 동료들은 집으로 귀가하는데 반해 자신은 다시 도서관으로 자리를 옮겨 공부를 더 했고, 3학년은 자율학습을 실시하지 않는 토요일 오후에도 1, 2학년이 이용하는 도서관에 지정석을 마련해 놓고 학교에서 공부를 하였다.

사관학교의 2차 시험인 체력검사에 대비해서도 턱걸이가 잘되지 않는다며 틈만 나면 교실이나 복도에서 팔굽혀펴기를 했고 저녁식사 시간마다 식사 후 철봉대에 매달렸다.

6월초까지는 턱걸이를 한 두 번 밖에 못하던 범석이가 8월 중순엔 배치기나 발을 흔들지 않고 팔의 힘으로만 10개를 넘기는 놀라운 기록 향상을 가져왔다.

그런 그에게 불행이 닥쳐왔다. 사관학교 입시 1차 시험에서 그만 실패하고 말았다.

범석이는 실망이 컸겠지만 내색하지 않고 의연한 자세로 내년에 다시 도전하겠다는 의지를 피력하였다. 그러면서도 내가 장교출신인 것을 아는 그는 내게 ROTC와 군장교가 되는 방법에 대하여 많은 것을 물어왔다.

나는 내가 알고 있는 우리나라의 장교 양성과정과 ROTC 제도에 대한 모든 것을 들려주었다.

육군사관학교가 아니더라도 장교가 될 수 있는 길은 다양하다며 홍천고등학교에서의 사례를 이야기해 주는 등 범석이에게 희망을 심어주었다.

범석이는 어느 날 재수를 해서라도 육군사관학교에 반드시 진학하겠다던 생각을 바꾸어 ROTC에 목표를 두고 강원대학교에 진학하기로 했다며 예전과 같이 부지런한 학교 생활을 하며 학교 공부에 최선을 다했다.

결국 범석이는 자신의 생각대로 1998학년도 대학입시에서 강원대학교 환경학과에 지원을 하였고 우수한 성적으로 합격하였다.

나는 대학 합격 후 나를 찾은 범석이에게 ROTC에 지원하기 위해서는 대학 1, 2학년 때 공부를 열심히 하여 좋은 성적을 유지해야 되며 꾸준한 체력관리의 필요성을 설명해 주었다.

범석이는 대학에 진학하자마자 국방부의 학사장교 장학생모집에 지원하였고 결국 선발되어 국방부로부터 장학금을 받으며 장교로서의 꿈을 키워나갔다.

국방부로부터 장학금을 받게되면 대학 졸업 후 일정기간동안의 훈련과정을 거쳐 장교로 임관되며 장학금을 받은 만큼 의무복무기간이 연장되는 제도였다.

평생을 직업군인으로 젊은 부하 사병들을 이끌고 조국의 산하를 누비며 조국수호의 선봉에 서고자 했던 범석이는 대학 1학년 때부터 장학금을 받고 3학년이 되면 ROTC에 입단할 나름대로의 계획을 갖고 있었다.

하지만 범석이에게 불행은 또 한번 찾아들었다. 어찌된 영문인지 그는 2학년 2학기 때 ROTC에 지원했으나 이번에도 또 불합격되는 아픔을 경험해야 했다.

이 후 한 동안 범석이는 보이지 않았다. 나는 이제는 녀석이 모든 것을 포기한 채 휴학하고 군에 입대한 것쯤으로 생각하고 있었다.

그런데 2001년 7월 초 어느 날 내 앞에 불쑥 나타난 범석이는 사관생도 제복을 입고 거수경례를 하였다.

나는 깜짝 놀라지 않을 수 없었다.

범석이는 강원대학교에서 3학년 과정을 모두 마쳤음에도 불구하고 1년을 늦춰가며 자신의 꿈을 실현하기 위해 경북 영천에 있는 육군삼사관학교 3학년으로 다시 편입하여 생도 제복을 입고 결국은 장교가 되기 위한 관문에 들어서고야 말았던 것이다.

녀석은 그동안 많은 어려움과 갈등이 있었다고 내게 토로했다. 국방부 장학금의 처리 문제와 여자 친구와의 갈등, 부모님과의 의견 조율 등이 순탄치 않았음을 설명해 주었다.

범석이는 장학금 처리와 관련하여 국방부와 교육인적자원부 등을 수 차례 오고가며 어렵게 해결하였다.

부모님은 대학과정을 1년만 마치면 졸업을 할 수 있는데 1년씩 늦춰가며 육군삼사관학교에 편입하는 것을 반대하셨으며 같은 학과 CC(캠퍼스 커플)인 여자친구는 직업 군인이 되려는 범석이 생각과 멀리 떨어져 생활하고 싶지 않은 서로 상반된 입장이 갈등의 원인이었다.

하지만 그 어느 것도 자신이 어려서부터 꿈꾸어온 목표를 향한 도전에는 장애가 될 수 없었다고 범석이는 힘주어 말했다.

생도복을 입은 범석이의 모습이 이제서야 제 모습을 찾은 듯 했고 환하게 웃는 그의 모습에서 훌륭한 예비 장교를 얻은 조국의 미래가 통일로 향해 줄달음 치고 있음을 확인할 수 있었다.

@ 철녀 근실이의 집념

　1997년 강원사대부고로 전근을 오던 해 나는 강원도내 유일의 남자고등학교 농구팀 감독을 맡았고 전국에 농구부가 있는 학교는 고등학교와 대학팀을 가리지 않고 전지훈련을 다니며 정신없이 바쁜 학교생활을 해야만 했다.

　하지만 나는 농구부 감독을 맡아 지도하기 위해 강원사대부고로 발령을 받은 것이 아니라 체육교사로 발령을 받았으므로 학교 수업에도 충실해야 했다.

　내가 홍천고등학교에 근무할 당시 대학을 체육계열학과로 진학하고자 희망하는 학생들에게 실기지도를 해 주어 많은 학생들을 대학에 진학시켰으며 서울대학교 사범대학 체육교육학과에도 매년 한 두 명씩 진학시켰다.

　이런 명성 때문에 강원사대부고에서도 교장선생님을 비롯한 3학년 선생님들께서 내게 체대 입시생 실기지도에 대한 큰 기대를 갖고 있었다.

나는 농구부 선수 관리와 학교 수업 등 학교생활에 적응이 어느 정도 된 5월부터 체육계열학과로 진학하기를 희망하는 3학년 지원자들을 모아 실기지도를 시작하였다.

체육계열 학과로 진학하려는 학생들이 처음에는 몇 명 없었지만 곧 10여 명을 훨씬 넘게 모여들었다.

모두 남자들로 구성되었는데 홍일점으로 황근실이라는 여학생이 지원을 하였다.

나는 처음에 여학생이라 어떻게 지도해야하나 하고 걱정이 태산 같았지만 곧 쓸데없는 걱정이라는 것을 알 수 있었다.

근실이는 모든 훈련을 남학생들과 똑같이 소화해 냈다. 여학생이라고 해서 작은 배려나 특별한 조치에 대해서 그는 싫어했다. 모든 훈련을 남자아이들과 똑 같이 받길 원했다.

홍천고등학교에서 근무할 당시 홍천여자고등학교 학생들을 1, 2년 간 지도해 보았던 내 짧은 경험으로 미루어 보면 여학생이 남학생들과 같이 함께 어울려 훈련을 받기란 생각처럼 쉽지만은 않은 일이다.

웬만하면 부끄럽고 창피해서 아프다는 핑계로 빠지거나 연습에 소극적일 수 있는데 근실이는 반대로 매사에 능동적으로 앞장서는 적극적인 학생이었다.

오히려 윗몸일으키기 등 일부 종목은 남학생들보다도 뛰어난 운동기능을 발휘하여 남자아이들과 나를 놀라게 하곤 하였다.

근실이의 목표는 강원대학교 사범대학 체육교육학과에 진학하여 장차 훌륭한 체육교사가 되는 것이었다.

훈련이 시작되고 나서 여름방학쯤 되자 여학생들이 하나씩 둘씩 늘어났다.

이웃 학교인 유봉여자고등학교에서 한 여학생이 합류했고, 춘천여자고등학교에서도 두 명의 여학생이 체육선생님 인솔아래 실기훈련을 하기 위해 우리 학교로 원정을 왔다.

우리 학교에서도 체육특기자로 진학이 좌절된 태권도부 여학생 한 명이 체대입시생 실기 훈련에 합류하였다.

여학생들이 합류되면서 근실이의 가치는 더욱 빛을 발하게 되었다.

남학생들 틈에 근실이 혼자일 때는 알 수 없었던 사실들이 다른 학생들과 비교가 가능해지면서 그의 운동 능력과 훈련에 임하는 자세 그리고 인간 됨됨이가 적나라하게 돋보이는 계기가 되었기 때문이었다.

나의 훈련방법은 학생들을 끝까지 붙잡고 늘어지면서 짧은 시간을 타이트한 스케줄에 따라 철저하게 반복 숙달시키는 것이 특징이었다.

따라서 훈련을 받는 학생들에게는 딱딱하고 지루함은 물론 다소 경직된 훈련시간이 될 수밖에 없어 남학생들도 쉽게 지치고 힘들어했으며 여학생들은 더욱 따라하기 힘든 고난의 훈련과정이었다.

하지만 근실이는 불평 한 마디 없었다.

다른 여학생이나 남자아이들은 틈만 있으면 '선생님 쉬었다 해요' 하거나 '선생님, 공 차요'하며 게임하자고 졸라댔지만 근실이는 자기의 분명한 목표와 신념을 가지고 묵묵히 훈련에 누구보다 적극적으로 임했다.

이마에서 땀방울이 뚝뚝 떨어져도 힘들다는 말 한마디하지 않고 힘든 훈련 과정을 모두 소화해 내는 근실이를 보고 우리 모두는 '철녀'라고 불렀다.

철녀 근실이는 어렵거나 힘든 일이 있을 때는 특유의 웃음으로 씩 웃어 버리고 만다.

근실이의 웃음은 고통과 어려움을 날려보내는 '매직 스마일'이었다.

근실이가 체육학과로 진로를 결정하기까지에는 어려운 장애들이 곳곳에 도사리고 있었다.

우선 가장 큰 장애는 담임 선생님이셨다.

체육에 대한 이해가 부족하기보다는 사회 통념상 '지지배가 무슨 체육학과냐?'는 담임선생님과 보름 이상 실랑이를 벌이며 자기의 뜻을 끝끝내 관철시킨 집념과 목표가 분명하게 살아 있는 학생이 었다.

근실이네 세 자매는 아버지의 영향을 받아서 인지 모두 운동선수 출신이다. 언니는 볼링 선수로, 동생은 카누 선수로, 근실이는 중학교 시절 육상선수로 활동을 했다.

근실이는 딸만 셋인 형제 가운데 둘째 딸이라서 그런지 원만한 성격을 갖고 있었다.

남자아이들과 장난도 곧잘 하고 농담도 하며 어울리는 근실이를 남학생들은 이성으로서가 아니라 친구로서 몹시 좋아했다. 남학생은 물론이고 여학생 동료들과도 잘 어울려 근실이는 항상 그들의 중심에 서 있곤 하였다.

근실이는 어느 누구와도 쉽게 어울리고 쉽게 친해지는 친화력을 지니고 있었다.

근실이는 학교생활에서도 모범학생 그 자체였다. 우선 복장이 단정하고 사고가 건전했으며 품행이 반듯하여 모든 선생님들로 하여금 칭송이 자자했다.

서클활동도 열심히 하여 RCY의 부단장도 맡았고 대한적십자사 총재의 표창장까지 수상할 정도로 책임감이 강하고 활동적이었다.

근실이는 학교 공부도 누구보다 열심히 했다.

다른 동료학생들은 힘든 실기훈련으로 땀을 흘리고 나면 집으로 곧장 귀가하거나 교실에서 엎드려 잠을 자는 경우가 종종 있지만 근실이는 훈련이 끝나는 대로 교실로 직행하여 학급 학생들과 함께 자율학습에 참가하였다.

매일 힘든 훈련을 마치고 교실에 와서 다시 책과의 씨름을 시작하는 근실이의 집념을 보고 담임 선생님도 지독한 녀석이라고 혀를 내 둘렀다.

근실이는 운동기능이 뛰어나 점수만 어느 정도 뒷받침되면 서울에 있는 명문대학에 충분히 진학할 수 있고 또 서울에 소재하고 있는 대학으로 꼭 보내주고 싶은 아이였다.

그러나 근실이는 서울에 있는 대학으로의 진학 욕심은 전혀 없었고 오직 국립대학인 강원대학교에 진학하는 것이 자신의 최대 목표였다.

1997년 11월 근실이는 드디어 학력고사를 보았고 한 달 뒤 예년에 비해 난이도가 어렵게 출제된 성적표가 발표되었다.

모두들 자기노력에 비해 적게 나온 성적에 대해 속상해 하고 실망감을 표출했으나 근실이는 기대 이하로 나온 자기 성적을 겸허하게 받아들이는 성숙한 자세를 보여주었다.

본인과 부모님은 국립대학인 강원대학교에 진학하길 원했으나 그
러기에는 수능 성적이 부족한 형편이었다.

하지만 근실이는 뛰어난 실기 기능을 믿고 과감하게 도전하였다.
그러면서도 한림대학과 관동대학에도 지원을 하여 시험에 응시하
였다.

불행하게도 당시 그 해에 강원대학은 예년과 달리 실기 능력보다
수능 성적의 비중이 매우 높았다.

근실이는 실기고사 결과 수험생 중 상위권의 좋은 성적을 기록했
으나 비중이 많은 수능성적과 내신성적이 뒷받침되지 못했다.

결과적으로 모집 정원이 많지 않은 강원대학교에는 후보로 합격
되었으나 늦은 순위여서 진학을 기대할 수 없는 처지였고 춘천의
한림대학교 체육학과와 강릉의 관동대학교 체육교육학과에 합격하
였다.

두 대학 중 한 대학을 선택해야하는 근실이는 심각한 고민에 빠
졌다.

아버지가 군인이셨으나 곧 퇴직을 앞두고 계셨고 동생과 언니도
있는 상황에서 부모님은 경제적으로 부담이 적게 들고 집에서 다
녀도 되는 한림대학에 진학하길 강력히 원하셨다.

담임선생님과 주변 사람들도 여자라는 점을 들어 집에서 다닐 수
있는 한림대학교 체육학과를 선택하도록 권유하였다.

그러나 근실이 본인은 체육교사가 되어야겠다는 일념에는 조금도
변화가 없어 사범대학 체육교육학과인 관동대학교로 진학하길 희
망하였다.

하지만 이 싸움(?)에서도 근실이는 결국 자기의 목표를 수정하거

나 바꾸지 않았다.

나도 근실이의 변할 수 없는 목표와 신념에 비중을 두고 관동대학교 사범대학 체육교육학과를 선택할 수 있도록 적극 도와 주었다.

근실이는 관동대학에 장학생으로 입학했고 기숙사에도 입사하여 부모님의 경제적 부담을 최소화하며 교사로서의 푸른 꿈을 가꾸어 갔다.

근실이가 진학한 관동대학교에는 강원사대부고 남자 동료학생 두 명도 함께 진학했는데 세 명 모두 장학생이었다.

처음에는 세 녀석 모두 선후배간 규율이 엄격한 체육교육학과 생활에 적응하지 못하고 몹시 힘들어했다.

난생 처음 부모님 곁과 집을 떠나 객지에서 대학생활을 하는 근실이는 관동대학교 체육교육학과 졸업생들이 교원 임용고사에서 매년 많은 합격생을 배출한다는데 희망을 갖고 어려움과 외로움을 달래며 학업에 정진하였다.

1학년 겨울방학 때 나를 찾은 근실이는 대학편입에 대하여 물었다.

예전에는 대학마다 결원이 발생하면 언제든지 편입생을 선발할 수 있었으나 1999년부터는 2학년 과정을 마쳐야만 편입이 허용되었다.

근실이는 고등학교 시절 자신의 목표였던 강원대학교에 진학하지 못한 것이 너무 아쉽다며 기회가 주어지면 편입을 해서라도 강원대학생이 되어보고 싶다는 집요한 욕심을 갖고 있었다.

마침 그 해 겨울 강원대학교에서 편입생을 한 명 선발하게 되었고 근실이가 응시하였다.

강원대학교 체육교육학과의 편입시험은 전출학교에서의 학과성적과 별도의 실기고사를 치른 후 합산하여 선발하도록 하고 있었다.

근실이는 자신의 고등학교 학창시절 때처럼 체육계열대학으로 진학하기 위해 학교 체육관에서 실기훈련을 받고있는 고3 후배들 틈에서 자신의 또 다른 목표인 대학 편입실기를 위해 땀을 흘렸다.

남학생들로만 구성되어 있는 고등학교 후배들 틈에서 함께 땀을 흘리는 그녀의 눈에는 부끄러움이나 창피함이라고는 찾아 볼 수 없었고 오직 해내고야 말겠다는 목표를 향한 무서운 집념만이 이글거리고 있었다.

하지만 근실이의 성실한 노력은 또 한번 외면당하는 아픔을 겪어야 했다. 아쉽게도 차점으로 낙방하고 말았다.

편입시험에서 떨어진 것이 부끄럽고 미안했던지 녀석은 한 동안 모습을 보이지 않았다.

철녀라고 생각했던 근실이도 어쩔 수 없는 한 여자였음을 확인시켜주는 계기가 되었다.

근실이가 내게 연락을 해온 것은 시험이 끝나고 보름 뒤 평온을 찾고 난 뒤였다.

근실이의 첫마디는 ‘선생님 저 다음에 또 편입시험 볼 꺼 예요’였다. 나는 열심히 해보라는 말로 격려해 주는 것 외에는 달리 할 말이 없었다.

유난히 더웠던 2000년 여름방학 중에 근실 이로부터 강원대학에서 또 한 명의 편입생 선발시험이 있어 원서를 냈다는 말을 들었다.

근실이는 이번에도 많은 지원자가 몰려들었지만 한번 지원했던 경험도 있고 해서 충분히 합격 가능성이 있다며 의욕적으로 준비를 했다.

그리고 근실이는 또 다시 무더운 여름 날 비오듯 쏟아지는 땀을 흘렸고 결과는 합격이었다.

그의 목표를 향한 집념과 노력이 일구어낸 작지만 아름다운 승리였다.

뒤늦게나마 자신이 그리도 원하고 바라던 목표인 강원대학교의 학생이 된 근실이는 지금 또 다른 목표인 교사가 되기 위해 끊임없는 도전을 시도하고 있다.

근실이는 방학 때마다 서울에 있는 고시 학원에 등록을 하고 교원 임용고사에 필요한 강의를 들으며 공부를 하였다.

2001년 4월 춘천 시내중학교에서 한 달간 교생실습을 마친 근실이는 아이들 앞에 선 자신의 모습이 너무 멋있고 자랑스러웠다며 기필코 임용고사라는 마지막 관문을 넘어 훌륭한 교사가 되고야 말겠다는 야무진 포부를 밝혔다.

Ⅲ. 앞만 보고 가라.

서양의 격언 중에
한 방울의 물이 돌을 뚫는다는 말이 있다.
쉬지 않고 집요한 노력을 하면
자신의 뜻을 성취한다는 말이다.
성공을 보장하는 가장 확실한 키는
어떤 어려움이나 고통도
참고 견디어 낼 수 있는 불굴의 집념이다.
목표를 향한 쉼 없는 전진이야말로
정상에 이르는 가장 빠른 지름길이다.
'가다가 중단하면 아니 간만 못하다'
고 하지 않는가?
사람들이 도전적인 인생을 살아가는데
꼭 필요한 것은 분명한 목표와 왕성한
추진력임을 잊지 말아야 한다.

@ 두 마리 토끼를 한꺼번에 잡은 기대

체육교사로 발령을 받고 첫 학교에서 내가 맡았던 육성종목은 모든 학교에서 기본적으로 실시하고 있는 육상이었다.

중학교와 병설학교인 고한종합고등학교에 운동부라고는 육상부밖에 없어 체육교사 초임시절에 나는 비교적 쉽게 적응해 나갈 수 있었다.

하지만 같은 울타리 안에 있는 병설학교인 고한중학교에는 단체경기인 핸드볼팀이 창단되어 육성되고 있었다.

드디어 1984년 3월 고한중학교에서 핸드볼을 했던 학생들 중 경기능력이 뛰어나 장래가 매우 촉망되는 단 한 명의 선수만이 기존의 핸드볼 팀이 있는 동해시의 묵호고등학교로 스카우트되어 진학을 하고 나머지 학생들은 모두 내가 있는 고한종합고등학교로 진학을 하게되었다.

따라서 단체팀을 육성할 수 있는 형편이나 여건이 되지 못함에도 불구하고 육성종목 계열화라는 차원에서 고한종합고등학교는 울며 겨자 먹기로 핸드볼 팀을 창단할 수밖에 없게 되었다.

핸드볼에 전문적인 식견과 기능이 없었던 나는 코치도 없이 젊은 패기를 앞세워 핸드볼 관련서적과 비디오 테잎 등을 구입해 공부를 해가며 열심히 최선을 다해 지도하였다.

총각이었던 나는 봉급을 털어 가며 선수지도에 혼신의 힘을 다했으나 체육관도 없는 한계와 빈약한 학교 예산 앞에 한없이 작아지는 내 모습을 발견할 수밖에 없었다.

이런 우리 팀에 김기태라는 꺼벙한 녀석이 있었다.

기태는 우리 팀에 두 명 밖에 없는 초등학교시절부터 핸드볼선수 생활을 했던 경력의 보유자로 기본기가 탄탄하게 갖추어진 선수였으며 신생팀인 우리 팀의 주장이었다.

선수 구성이나 학교의 지원 등 모든 면에서 열악하기 만한 엉성한 팀을 힘겹게 끌고 가고 있는 내 심정을 몰라주고 자신들의 권리만을 무리하게 요구하는 학생들의 태도에 실망한 나는 짜증스런 모습을 곧잘 드러내곤 했었다.

그러나 많은 아이들 중 기태 만큼은 비교적 내 마음을 헤아려 줄 줄 아는 사려 깊은 아이였다.

한번은 녀석들이 학교 밖의 자퇴생 등 불량배들과 사소한 시비로 집단 패싸움을 크게 하여 학교가 시끄러울 정도로 문제가 야기된 적이 있었다.

화가 단단히 난 나는 선수들을 모아 놓고 모두들 운동을 그만두라고 호통을 치고 팀을 해체하기 위한 절차를 준비하고 있었다.

모두들 내 눈치만 살피며 우왕좌왕하는 가운데에서도 기태는 용기 있게 나를 찾았고 운동을 계속할 수 있게 해 달라고 끈질기게 매달렸다.

내가 쉽게 대답을 하지 않자 기태는 학교 일과가 끝나면 교무실 밖에서 기다리고 있다가 집에까지 쫓아와 자신과 선수들은 비록 잘하지는 못하지만 핸드볼에서 꿈과 희망을 찾고 학교생활을 하고 있다며 눈물로 용서를 구했다.

그러면서 기태는 선생님과 함께 다시 운동을 하고 싶으니 한 번만 더 기회를 달라고 호소하였다.

기태는 혼자서 삼일간을 쫓아다니더니 나중에는 핸드볼부 전원을 동원하여 나와 교장선생님집 앞에 진을 치고 석고대죄 하듯 잘못을 뉘우치며 반성하였다 .

교장선생님에게까지 핸드볼부 육성을 포기하겠다고 구두로 말씀 드리고 허락을 받아 놓은 상황에서 몇 일 몇 날을 쫓아다니는 기 태의 끈질김 앞에 나와 교장선생님은 결국 두 손을 들고 다시 핸 드볼부 지도를 시작하게 되었다.

녀석은 내게도 잘했지만 후배들에게도 친형 이상으로 친절하게 잘 대해 줘 따르는 후배들이 유독 많았다.

여하튼 핸드볼 선수단 모두가 땀을 흘리며 애는 썼으나 고생한 보람도 없이 3년간 강원도 지방대회에서 조차 이렇다 할 성적 한 번 내보지 못하고 아쉬움 속에서 기태는 고등학교를 졸업하게 되었다.

나는 전국단위대회에서 입상하지 못해 대학에 체육특기자로 진학 할 수 있는 자격을 취득하지 못 했고 학업성적도 좋을 수 없는 핸 드볼 선수들의 진로를 위해서 체육특기자가 아닌 일반 학생으로 체육학과에 진학시키기로 작정하였다.

3학년 2학기부터는 전국의 대학별 입학고사 실기종목과 반영비율, 기준기록, 지원현황 등을 입수하여 빈 교실에서 매일 실기지도를 하였다.

운동을 했던 아이들이라 기초체력이 비교적 좋았고 운동기능도 뛰어난 편이었다.

그러나 의외로 초등학교 시절부터 운동을 했다는 기태의 운동기능은 다른 아이들에 비해 많은 종목에서 크게 뒤떨어져 나를 당황하게 만들었다.

결국 기태는 전기대학 지원을 핸드볼 팀이 있는 전라북도 익산시의 원광대학교에 응시하였으나 실패하고 후기 대학인 강릉의 관동대학 체육교육학과로 어렵고 힘들게 겨우 진학할 수 있었다.

나는 88년 3월 정들었던 첫 발령지 고한종합고등학교를 떠나 양양여자고등학교로 옮겼고 이듬해 다시 나의 고향인 홍천고등학교로 발령을 받았다.

모교인 홍천고등학교에서 나는 고3 담임을 하면서 정선 고한종합고등학교에서의 경험을 바탕으로 체육계열 대학으로 진학하고자하는 학생들을 모아 실기지도를 해 주었다.

매년 서울대를 비롯하여 전국의 각종 대학으로 20여명 안팎의 학생들이 진학하게 되었다.

특별히 운동을 한 학생들은 아니나 운동을 좋아하거나 운동에 소질이 있고 적성에 맞는 많은 학생들이 줄지어 모여들었다.

그 중 성적에 따라 서울대를 비롯하여 고려대 등 명문대학으로 진학하는 우수한 성적의 학생들도 있었고 일부는 성적에 따라 멀리 지방에 있는 대학으로 진학하는 학생들도 있었다.

기태가 다니고 있는 강릉의 관동대학으로 진학한 아이들도 매년 한 두 명씩은 되었다.

재학 중 휴학하고 이미 군복무를 마친 기태는 복학하여 같은 나의 문하생들인 홍천고등학교 출신들과 대학생활을 함께 했는데 선배로서 후배들을 친동생 같이 보살펴주는 자상함을 보였다.

핸드볼 선수를 7~8년이나 했으면서도 선수로 성공하지 못한 기태는 군 제대 후 복학하자마자 체육교사가 되어 핸드볼팀을 육성해 보겠다는 목표를 설정하게 되었다.

기태는 3학년이 되자 임용고시반에 들어가 열심히 공부하며 훌륭한 선생님이 되기 위한 준비에 철저를 기했다.

운동이라고는 핸드볼밖에 잘 할 줄 모르던 기태는 가뜩이나 복학생이라고 하는 굳어버린 신체에 선천적으로 많이 떨어지는 운동기능인 기계체조 때문에 연일 체육관 매트에서 비지땀을 흘렸다고 한다.

기태 자신도 임용고시반의 생활이 힘들고 어려워 내게 직접 괴로움을 호소해 왔고, 후배들의 입을 통해서도 기태형의 엉거주춤하고 이상한 동작으로 후배 학생들의 웃음거리가 될 때가 많이 있다고 전해주었다.

기태는 방학이면 서울의 학원에서 교직과목과 전공 이론에 관한 고시준비를 했고 그 외 기간에는 학교에서 부족한 운동기능 향상을 위해 후배들의 웃음거리와 손가락질을 받아가면서도 자신의 꿈을 실현하고자 최선의 노력을 다했다.

대학 4학년 말 졸업을 앞두고 첫 번째 교사임용 시험에 선발 인원이 많은 경기도 교육청으로 응시한 기태는 모두의 예상대로 불합격이라는 쓰라림을 경험하였다.

시·도 별로 뽑는 인원도 극히 제한되어 있는 데다 체육교사 지원자는 매년 헤아릴 수 없이 많았고, 특히 체육은 교직과목에다 전공 이론을 포함하여 실기고사까지 치러야 하므로 준비하기도 힘들뿐더러 합격되기는 정말 어려웠다.

임용고시 이후 다소 처진 어깨로 홍천의 나를 찾은 기태는 어떤 어려움이 있어도 선생님이 되겠다는 자신의 꿈을 포기하지 않고 재도전을 시도하겠다며 결연한 다짐을 하였다.

같은 또래의 동료들은 모두 취업을 하고 일자리를 찾아 떠났지만 기태의 목표는 분명했고 그의 노력은 중국 고사성어에 있는 '우공이산' 그 자체였다.

기태는 우직스러울 만큼 앞만 보고 전진했다. 올해 안되면 내년에, 내년에 안되면 그 다음해에도 도전해 합격될 때까지 임용고시를 보겠다는 것이었다.

나는 그의 다짐이나 추진력이 비장해 다른 직장을 권유할 엄두도 내지 못하고 열심히 해보라는 격려의 말밖에 달리 할 말이 없었다.

하지만 누구보다도 기태를 잘 알고 있는 나로서는 그의 무모한 도전이 몇 년 더 연장되는 것 같아 매우 안타까웠다.

기태를 아는 주위의 사람들도 해도 되지 않을 기태의 무모한 도전에 냉소를 던졌다.

대학을 졸업한 기태는 다른 직장을 찾아보라는 주변의 권유를 뒤로한 채 그의 꿈을 접지 않고 오직 합격이라는 목표만을 바라보며 와신상담 재기의 칼날을 갈았다.

기태가 실기 연습을 하는 곳은 자신이 졸업한 모교인 강릉 관동대학교의 체육관이었다.

다른 종목은 몰라도 기계체조만큼은 여전히 후배들의 웃음거리였다. 홍천에서 관동대학에 다니는 후배녀석들 까지도 홍천에 오면 내게 기태의 소문을 전하며 되지도 않을 무모한 도전에 한심하다는 듯 비아냥거렸다.

하지만 기태의 노력에는 조금도 변화가 없었다.

드디어 기태의 두 번 째 도전이 있었다. 지난해에 이어 또 비교적 모집 정원이 많은 경기도를 택해 지원하였다.

경기도는 지난해 한번 응시했던 경험이 있는 곳이므로 출제 경향이나 방향을 익히 알고 있으며 실기고사 종목의 기준 기록이나 평가 기준을 잘 알고 있어 그만큼 유리할 것이라고 기태는 판단하고 있었다.

두 번째 임용고시가 끝나고 기태는 나를 찾았다. 시험은 보통으로 치렀으나 왠지 '감'이 좋다며 기대해도 좋을 것 같다고 말하는 얼굴 표정에 어두운 그림자는 전혀 없었고 오히려 당당함으로 가득 차 있었다.

합격자 발표결과 역시 기태는 모두의 예상과는 달리 당당히 합격한 것이었다.

그는 해낸 것이었다.

내가 홍천고등학교에서 서울에 있는 명문대학에 진학시킨 고등학교 때 성적이 우수하고 운동이 기능이 뛰어났던 녀석들도 임용고시에서 번번이 불합격을 당하는 가운데 전혀 기대하지 않았던 기태의 합격소식은 나에게 신선한 충격을 주기에 충분했다.

나는 녀석의 합격 소식이 믿어지지 않았다. 주변의 다른 사람들도 믿기 힘들었을 것이다.

기태는 모두가 어려울 것이라던 임용고시에서 보라는 듯이 합격한 것은 말할 것도 없고 합격의 기쁜 소식을 전하러 홍천에 오면서 예쁜 신부감까지 데리고 와서 내게 소개를 시키는 것이었다.

내게 인사를 하는 신부감을 본 나는 또 한번 놀라지 않을 수 없었다.

기태의 배필이 될 신부감은 내가 양양여자고등학교에 근무하고 있을 때 2학년에 다니던 김성자라는 여학생이었다.

성자는 스포츠에 관심이 많았고 운동을 무척이나 좋아했으며 운동 기능이 뛰어나 내가 직접 지도는 하지 않았지만 잘 알고있던 여학생이었다.

나는 정말 반가웠고 기쁨이 두 배 이상이었다.

기태와 성자는 관동대학교에서 선·후배로 만나 함께 임용고시를 준비하면서 자연스럽게 가까워졌으며 어렵고 힘든 과정을 같이 극복하면서 사랑이 싹텄고 둘이 같은 지역인 경기도에 지원하여 동시에 합격하는 영광을 누리게 되었다.

우직스럽지만 부지런하고 성실한 기태의 모습에 매료된 대학 후배인 그녀가 사랑을 고백하였고 둘은 교사 발령과 함께 결혼을 하고 부부교사로 아이들을 열심히 가르치고 있다.

공교롭게도 두 사람은 동성동본이었기 때문에 전통적 유교 관념이 강한 양가 부모님의 강력한 반대에 부딪혔으나 이 또한 두 사람의 사랑과 신뢰를 바탕으로 포기하지 않고 끝까지 양가 부모님을 설득하여 결국은 일가 친척의 축복 속에서 결혼을 할 수 있었다.

이후 가족법이 개정되어 동성동본도 법적으로 결혼이 가능케 되는 등 기태는 그 동안 움츠렸던 가슴을 펴고 자신의 앞날에 날개를 달았다.

임용고시 합격과 결혼이라는 두 마리의 토끼를 한꺼번에 잡은 기태의 활짝 웃는 모습이 결코 우연이 아니라는 사실에 마냥 자랑스럽다.

1995년 3월 기태는 경기도 부천시 여자중학교에 첫 발령을 받고 자신의 신념대로 핸드볼 팀을 창단하고 자신이 이루지 못한 꿈을 제자들을 통해 이루고자 부단히 노력하고 있다.

@ 형만한 아우 을진이

  1987년 나는 고한 종합고등학교에서 두 번째 3학년 담임을 맡고 있었다.

  전년도에는 첫 경험이라 시행착오도 많았고 학생들의 진로 지도를 함에 있어서 개인의 장래 희망이나 적성과 소질을 살려주기보다는 학교의 입장에서 한 명이라도 더 진학시키기에 역점을 두었던 아쉬움이 남아 이번에는 제대로 한번 해보자는 각오로 힘찬 출발을 시작했다.

  우리 반에는 남을진이라는 학생이 있었다.

  을진이네는 아버님이 계시지 않았지만 어머니께서 고한읍 시장에서 한복집을 운영하며 생활하셔서 비교적 경제적으로 윤택한 가정이었다.

  을진이네 형제는 모두 삼 형제이다. 두 살 터울의 형의 이름은 갑진이고 동생의 이름은 병진이로서 갑, 을, 병으로 삼 형제의 이름을 붙여 이름만으로도 형제임을 쉽게 구분할 수 있었다.

을진이의 형 갑진이는 공부를 매우 잘했다.

공부 잘하는 갑진이는 고한중학교를 졸업하고 강릉시의 강릉고등학교로 진학하였다.

당시 시지역의 고등학교 입시는 평준화되어 추첨으로 학교가 선택되었으나 강원도에서 강릉시는 유일하게 선발고사가 실시되었던 곳이었으므로 공부 잘하는 강원도 내 학생들은 대거 강릉고등학교로 진학하고 있었다.

을진이의 동생 병진이도 고한중학교에서 항상 전체 1등을 놓쳐 본적이 없는 우수한 성적의 학생이었다.

그러나 을진이는 보통의 성적을 보유한 평범한 학생이었다.

따라서 을진이는 공부 잘하는 형과 동생 때문에 늘 스트레스를 받고 있었으며 특히 형과의 관계에 대해서는 언급조차 싫어할 정도로 갈등이 심각했으며 이는 곧 콤플렉스로 작용하였다.

을진이는 성장 과정에서부터 늘 형과 비교의 대상이 되었으며 다방면에서 뛰어난 재주를 가졌던 형의 그늘에 가려 을진이는 자기의 개성이나 색깔을 발휘해 볼 틈조차 없었다.

그런데다가 동생 병진이에게까지 치여 을진이는 설 자리를 잃고 방황하게 되었고 집에서는 애물단지로 취급되었다.

을진이는 고등학교를 진학하는 과정에서 형처럼 외지로 나가서 공부를 하고 싶었다.

하지만 공부를 썩 잘하지 못하는 을진이는 어머니와 집안의 어른들로부터 핀잔을 받았을 뿐 따뜻한 격려의 말 한 마디 들을 수가 없었다.

할 수 없이 고한종합고등학교로 진학한 을진이는 1,2학년을 갈등과 방황 속에서 헤매다 3학년이 되었고 우리 반에 소속되어 나와의 인연이 시작되었다.

을진이는 체구는 작았지만 집안에서 소외감에 젖어 있던 탓인지 자유분방하고 친구들 사이에서 말이 많고 반항적이었으며 의자에 오래 앉아 있지를 못하는 습관이 있었다.

체육교사인 내가 학급을 경영하는 방법은 옛날 고대 그리스 시대의 스파르타식이었으며 매사에 독단적인 파쇼를 동반하였다.

광산촌의 거친 학생들을 장악하기 위해서 나는 체벌도 불사하지 않았으며 강압적인 방식으로 아이들을 지도하였다.

학급 학생들이 숨 돌릴 틈도 없이 공부를 시켰다. 나는 교실의 독서실화를 외치며 쉬는 시간 10분에도 교실에 들어와 있었다.

그 동안 게으르고 비뚤어진 생활을 해왔던 을진이에게는 숨이 콱콱 막힐 정도로 견디기 힘든 곤혹스러운 시간들이었다.

나는 을진이의 약점을 강점으로 만들기로 하고 3월초에 기초상담을 하면서 녀석에게 형에 대한 이야기를 의도적으로 많이 하려고 애를 썼다.

을진이의 형 갑진이는 강릉고등학교를 졸업하고 서울의 한양대학에 진학하여 가족들과 주위 사람들의 큰 기대 속에서 공부를 하고 있었다.

나의 작전에 말려든 을진이는 서서히 형에 대한 콤플렉스가 오기로 바뀌기 시작했다.

자신도 형처럼 서울에 있는 대학으로 진학을 하여 그동안 자신을 인정해 주지 않고 무능력하게 여긴 주위의 사람들에게 자신의 존

재 가치를 높이겠다며 목표를 정하고 곧이어 갑진이 형 따라잡기
를 시작하였다.

이후 을진이는 마음가짐을 바로 잡고 공부를 시작하였다.

야간자율학습이 없었던 당시 나는 우리 반에서 서울의 명문대학
에 진학시켜 학교의 명예를 빛내야 한다는 왕성한 사명감으로 지
난해에 이어서 우리 반에서 1,2,3등을 하는 학생들을 내 방에서 합
숙을 시켜가며 공부를 시키고 있었다.

이를 알고 있는 을진이는 자신도 함께 선생님 방에서 공부를 하
면 안되겠느냐며 상담을 의뢰해 왔다.

나는 네 명이 공부하기에는 방이 매우 좁았지만 을진이의 사기
진작과 학습의욕 고취를 위해 조금 더 넓은 방을 얻어 이사를 하
며 합류시켰다.

동생 을진이의 갑진이 형 따라잡기는 녀석의 생활태도의 변화에
서부터 시작되었다.

우선 을진이의 등교시간이 빨라졌다. 전에는 학교에서 가까운 시
장에 집이 있으면서도 우리 반에서 제일 늦게 등교하는 학생 중
한 명이었으나 이제는 주번 학생 다음으로 일찍 등교하는 학생이
을진이었다.

그리고 을진이는 매사에 신중해졌다. 말수가 줄어들었고 산만하
여 좌불안석이던 녀석이 책상에 앉아있는 시간이 길어지면서 집중
력이 강해졌다.

녀석은 형이 쓰던 참고서나 문제집은 모두 친구들에게 주어버리
고 자신은 새로 구입하거나 오히려 잘 아는 학교 선배들에게 책을
얻어서 공부를 하였다.

당시에는 교련 교육이 강화되었었는데 대부분의 고등학교에서는 6.25 날을 맞아 그 날의 북괴 만행과 참상을 잊지 않고 기억하기 위해 학교 단위로 시가지와 도로를 행군하며 행사를 치르곤 했었다.

을진이는 행군 중에도 영어 단어집을 휴대하고 단어를 외우며 걷다가 교련선생님께 들켜 오리걸음으로 200여m 이상을 걷는 곤욕을 치르기도 했으며 소풍을 갈 때도 책을 가지고 가서 쉬는 시간에 나무 그늘 밑에서 책을 보았다.

을진이는 때와 장소를 가리지 않고 자신의 의견을 곧잘 당당하게 밝히는 직선적인 성격을 지니고 있었다.

당시 학교에서는 인문계와 상업과 학생들이 함께 공부하는 종합고등학교인 관계로 상업과에서 보조학생을 두고 학교의 구내매점을 직접 운영하였다.

학생들 사이에서 매점에 대하여 억측이 난무하자 녀석은 교장선생님께 매점을 투명하게 운영해달라고 당돌하게 직접 건의를 하기도 했다가 담임인 내게 절차를 밟지 않았다는 이유로 혼쭐이 나기도 했다.

여하튼 을진이는 갑진이 형 따라 잡기를 시도한 이후 점차 성적이 오르기 시작하였고 학교 시험인 중간, 기말 고사는 물론 모의고사 시험을 볼 때마다 자신감을 갖게 되었다.

원주에 나가서 대학입학 학력고사를 치른 을진이의 성적은 또 한 번 나를 놀라게 하였다.

녀석의 성적은 우리 반에서 가장 높은 점수를 받았으며 자신이 목표했던 것처럼 형이 다니고 있는 서울 소재의 대학인 국민대학교 법학과에 당당히 합격을 할 수 있었다.

이듬해 내가 학교를 양양여자고등학교로 옮기자 을진이는 여름방학을 맞아 양양으로 나를 찾아 왔다.

을진이를 만난 나는 고3 일년 동안 스파르타식 강행군과 파쇼로 학생들을 엄격하게 지도했던 사실들에 대하여 미안한 마음을 전하고 학급 경영상 내가 선택할 수 있었던 최선의 방법이었음을 설명해 주었다.

을진이는 오히려 선생님의 억압 속에서 자신은 자유를 만끽할 수 있었다며 광산촌에서의 고등학교 학창시절을 몹시 그리워했다.

자신이 정했던 근성과 오기의 일차 목표인 갑진이 형 따라잡기를 달성한 을진이는 새로운 목표를 설정하였다.

형은 중학교 졸업 직후 일찍부터 집을 나가 생활을 했으니 자신이 둘째 아들이지만 홀어머니를 모시고 살겠다며 형에 대한 또 다른 도전을 선언하였다.

나는 을진이가 세운 새로운 목표인 어머니 모시기야말로 점점 각박해져 가는 현대사회에서 가장 아름다운 목표라고 생각하며 어머니를 모시고 행복한 삶을 살아가길 간절히 기대한다.

@ 고향의 파수꾼 종대

　모교인 홍천고등학교에서 고3 담임을 하며 눈코 뜰 새 없는 바쁜 시간을 보내야 했던 나는 동문회의 여러 가지 사업을 주도했다.

　그 중에서 가장 역점을 두고 실시했던 것이 홍천군 관내중학교에서 우수한 성적의 학생들을 홍천고등학교로 유치하는 일이었다.

　아무리 고등학교에서 선생님들이 학생들을 의욕적으로 열심히 가르쳐도 기초학력이 튼튼하지 않은 학생들의 지도에는 어려움과 함께 어느 정도 한계가 있게 마련이다.

　교통이 사통오달이며 서울, 춘천, 원주 등이 인접해 있는 관계로 홍천에서는 매년 100여명이 훨씬 넘는 학생들이 외지의 고등학교로 진학하고 있는 실정이었다.

　물론 공업고등학교나 과학고등학교 등 특수목적고등학교로의 진학이야 도리가 없겠지만 홍천에도 버젓한 인문계고등학교인 홍천고등학교가 있어 매년 높은 대학 진학률을 보이고 있음에도 불구하고 외지의 고등학교를 선호하는 중학생들과 학부모님들이 야속했다.

외지의 고등학교로 진학하면 그 만큼 부모님들의 경제적인 부담이 가중되지만 더 좋은 교육환경을 찾아 떠나는 학생들 대부분은 가정 형편이 부유하거나 성적이 최상위권에 있는 학생들이다.

나는 홍천고등학교가 명실공히 지역사회의 학교로 자리매김하기 위해서는 우수한 신입생의 유치가 무엇보다 절실하다고 판단하고 매년 10월이면 동문회 임원들과 함께 홍천군 관내 중학교를 순회하면서 성적우수 신입생 유치에 전력을 투구하였다.

면 단위 시골 중학교에는 남녀공학인데 다가 전체 학생수가 적을 뿐만 아니라 성적우수 학생도 많지 않아 학교 규모가 홍천군에서 가장 큰 홍천중학교의 우수학생을 유치하는데 보다 많은 노력을 기울였다.

홍천중학교는 홍천고등학교와 병설학교가 아님에도 같은 울타리 안에 위치하고 있어 중학생들이 3년 간 고등학교 형들의 생활 모습을 지켜보며 생활하기 때문에 호감을 갖기가 쉽지 않다.

아름다운 전통이나 좋은 모습보다도 고등학생들의 눈살 찌푸리게 하는 행동들이나 좋지 않은 모습이 더 두드러져 보이기 때문일 것이다.

마침 1990년 홍천중학교 3학년 학생들의 성적이 예년에 비해 비교적 우수했다. 상위권 성적의 학생들이 어느 해 보다 많았던 것이다.

이 중 임종대라는 학생이 있었는데 그의 아버지는 국회의원 보좌관을 하시는 분이셨으며 집안은 경제적으로도 넉넉하고 할아버지께서 지역의 유지로 많은 활동을 하신 분이셨다.

종대네 온 가족이 집안의 장손인 종대의 고등학교 진학을 놓고 외지의 명문고등학교로 진학시키기 위해 다단계의 전술 전략을 마련해 놓고 총력을 기울였다.

중학교 3학년 대상으로 신입생 유치활동을 열심히 하던 나는 어느 날 전문대학교 신입생 유치차 우리 학교를 찾은 원주의 모 대학 교수님과 함께 저녁 식사를 하는 자리에 참석할 수 있는 기회가 있었다.

이 자리에서 교수님은 자기 조카가 홍천중학교 3학년에 재학 중인 임종대 학생이라고 밝히고 종대의 부모님은 종대를 외지의 명문고등학교로 진학시키려고 하는데 당사자인 종대가 굳이 홍천고등학교로 진학하겠다고 고집을 부려 걱정을 하고 있다고 말했다.

종대 부모님의 부탁을 받고 이모부인 자신이 원주로 불러 두 시간 이상을 설득하며 교육환경이 좋은 외지의 명문고등학교로 진학해야하는 당위성을 설명하였다고 했다.

종대는 이야기를 다 듣고 나더니 '다들 외지로 나가 공부하면 고향의 학교는 누가 진학하느냐'며 반문하여 더 이상 설득할 말이 없었다는 이야기를 들려주었다.

내게는 신선한 충격이었다.

교수님의 말씀을 듣고 감동한 나는 다음 날 당장 홍천중학교로 가서 종대를 찾았다.

내가 직접 만나 본 종대는 역시 홍천고등학교로의 진학에 대한 집념이 듣던 대로 굳세고 강했다.

하지만 외지의 명문 고등학교로 유학을 보내 공부시키려는 할아버지를 비롯한 부모님의 공세도 만만치 않았다.

가족들은 중학교 3학년 담임선생님과 주변 사람들을 총 동원하여 회유했지만 원서 마감 날 까지도 종대의 고집은 꺾이지 않았다.

마침 그 해 최 상위권의 학생들도 종대의 영향을 받은 탓인지 대거 홍천고등학교로 진학하여 학교에서는 분위기가 한껏 고조되었다.

선생님들도 한번 열심히 가르쳐보자는 의지가 어느 해 보다 강하게 표출되고 있었다.

1991년도에 강원도 고성에서 제17회 세계잼버리 대회가 개최되었는데 우리 학교 교장선생님께서 강원지역 분단장을 맡게 되었다.

따라서 교장선생님은 분단장의 학교에 보이스카우트가 구성되어 있지 않으면 안 된다며 뒤늦게나마 홍천고등학교에 보이스카우트를 조직하고 활동하도록 하였는데 내가 그 책임을 맡게 되었다.

늦은 창단으로 우리 학교에서는 영광의 세계잼버리대회에 참가할 수 있는 단원이 단 한 명으로 제한되었다.

마침 선발권을 갖고 있던 나는 종대를 영순위로 추천했고 종대는 영광스럽게 1학년이면서도 학교를 대표해 참가하는 영광을 얻게 되었다.

학교에는 한서 학사라는 기숙사와 같은 생활관이 있는데 종대는 집이 홍천 읍내이면서도 본인 스스로가 입사를 희망하고 생활관에서 공부를 하였다.

종대 어머니께서도 학사의 어머니회장을 맡아서 열심히 뒷바라지를 해 주셨다.

하지만 열심히 공부하는 종대의 성적이 오르지 않는다는데 모든 선생님들과 부모님의 고민이 있었다.

자칫하면 종대가 고등학교 선택을 잘못한 것으로 판단케 될 지경이었다.

나는 물론 담임선생님과 부모님의 걱정 속에서도 종대는 아랑곳하지 않고 묵묵히 시종일관 자기의 페이스를 지키며 학업에만 정진하였다.

마침 한의학을 공부하신 종대의 할아버지는 집안의 장손인 종대가 한의학과에 진학해서 장차 한의사가 되기를 강력히 바라고 계셨다.

종대도 할아버지의 기대에 부응하기라도 하듯 자신의 진로 선택을 일찌감치 한의학과로 정해 놓고 있었다.

하지만 매월 학교에서 실시하는 모의고사 성적은 한의학과에는 원서조차 낼 수 없는 낮은 성적으로 주위 분들을 실망시키고 있었다.

입시철이 다가오면서 함께 홍천고등학교로 진학한 홍천중학교 시절 종대와 어깨를 나란히 했던 상위권의 동료들은 성적이 날로 향상되어 가는데 비해 종대의 모의고사 성적은 2학기 들어서도 제자리를 계속 유지해 주변 사람들을 더욱 안타깝게 했다.

누구보다 본인의 애타는 심정이야 오죽했겠는가. 그러나 종대는 결코 흔들리는 모습이나 실망하는 기색을 조금도 드러내 보이지 않았다.

종대는 주위분들의 염려에도 자신이 세워 놓은 계획대로 차분하게 공부하며 자신의 목표를 향해 전진해 나갔다.

오히려 '모의고사 성적을 가지고 대학에 가는 것도 아닌데 왜들 그러시느냐'며 주변 사람들을 위로하는 여유를 보이며 책상에 앉으면 화장실 가는 것 외에는 일어나지 않고 책과 씨름하며 마무리 정리에 박차를 가했다.

드디어 대학입학 학력고사를 치르는 결전의 날이 왔고 춘천의 고사장으로 가서 시험을 끝내고 다음날 학교로 돌아와 가집계를 했는데 종대의 점수는 모의고사 성적을 훨씬 뛰어넘는 엄청난 고득점이었다.

종대가 채점한 점수대로라면 종대 자신과 종대부모님께서 원하는 한의예과로의 진학에 있어서 충분히 합격 안정권에 들어갈 수 있는 매우 좋은 성적의 점수였다.

선생님들과 부모님 그리고 나는 믿지 않았다. 정확한 것은 진짜 성적표를 받아봐야 안다며 모두들 반신반의하였다. 종대는 씩 웃을 뿐 별 반응이 없었다.

한달 후 성적표를 교부받는 날이 왔고 종대의 성적은 현실로 확인되었다. 종대의 성적은 우리 학교에서 세 번째로 높게 받은 점수였다.

종대의 우직함이 가져다준 승리였다.

그는 가족 모두의 바램과 자신이 원했던 한의예과로 보란 듯이 진학을 했고 대학을 졸업한 지금 한의사로서 인술을 펼치며 허준의 후예가 되고자 새로운 도전을 계속하고 있다.

@ 왕반장 창호의 조기 졸업

내가 홍천고등학교에 근무하고 있을 당시 우리 학교 운동장은 홍천군의 공설운동장을 겸하고 있었다.

따라서 홍천군내의 각종 행사가 우리 학교 운동장에서 이루어지곤 하였다.

그 중에서도 홍천군을 대표하는 축구팀의 연습 경기가 시즌 중에는 거의 매일 우리 학교 운동장에서 이루어졌고 축구인들을 잘 아는 나는 곧잘 우리 학생들을 스파링 파트너로 하여 연습 경기를 하곤 하였다.

우리 학생팀의 골키퍼를 전담하는 녀석이 있었는데 그의 이름은 서창호였다.

창호는 초등학교 시절 육상 높이뛰기 선수로 활동한 경험이 있어 순발력이 뛰어났으며 전반적으로 운동기능이 좋았다.

창호는 성인 축구선수들의 정확한 슛을 잘 잡아내 감탄사를 연발

케 하는 명 장면을 연출하는 등 전문적인 골키퍼만큼이나 역할을 매우 훌륭하게 잘 해 내어 일찍이 내 눈에 띄었던 학생이었다.

이런 창호가 1993년 3월 3학년이 되자 체육학과로 진학하겠다며 체대 입시생 실기훈련에 참여하였다.

이 해에 30여명이나 되는 학생들이 체대 입시생 실기훈련에 참가하고 있었으며 홍천여자고등학교에서도 일곱 명의 여학생들이 대거 지원해와 어느 해 보다도 나는 많은 학생들을 지도해야 했다.

특히 여학생들이 참여하게 됨에 따라 남학생들로만 훈련을 하던 훈련분위기가 갑자기 산만해지기 시작했으며 남녀 학생들을 동시에 지도해본 경험이 없는 나로서는 효과적인 지도 방법을 찾지 못하고 있었다.

따라서 예년에 비해 훈련의 능률이 오르지 못하고 있었다.

나는 비교적 리더쉽이 뛰어난 창호에게 실기훈련을 받는 학생들의 반장을 맡게 하였다.

이후 카리스마가 강했던 창호는 뛰어난 리더쉽을 발휘하며 훈련분위기를 새롭게 바꾸어 나갔다.

여학생들의 히히덕 거리는 웃음소리도 사라졌고 남학생들의 낄낄거리는 소리도 함께 없어졌다.

모두들 창호를 왕반장이라 불렀으며 진지한 모습으로 훈련에 임했다.

가끔 내가 바쁜 일에 쫓겨 직접 지도하지 못하는 경우가 있어도 창호는 내가 마련해준 스케줄에 따라 자율적으로 훈련을 실시하여 훈련계획이 조금도 차질 없이 진행될 수 있었다.

창호네는 집안 형편이 매우 어려웠다.

아버지께서는 막노동일을 하셨으나 지병으로 고생하시어 제대로 일을 하실 수 가 없었고 어머니께서도 고질적 지병인 관절염으로 오래 서서 활동을 하기가 곤란하셨음에도 불구하고 식당일을 하시면서 창호를 뒷바라지 해 주셨다.

하지만 창호는 누나와 함께 조금도 구김살 없이 밝고 명랑하게 책임감 있는 아들로 성장해 주었다.

창호의 어머니께서는 식당의 힘든 주방일로 고생하시면서도 창호가 학교 선생님이 되길 간절히 바라고 계셨다.

창호 어머니께서는 중학교 다니실 때 가정형편이 어려워 공납금을 제때에 내지 못했고 결국 납부기일을 연장해 주지 않으신 선생님들 탓에 학교를 중퇴하셔야 하는 아픈 경험을 갖고 계셨다.

따라서 어머니께서는 아픈 과거의 경험을 아들로부터 보상받으시려는 의지가 몹시 강하셨다.

창호는 마을에서 소문난 효자였다. 어머니가 불편하신 몸으로 식당의 주방일을 끝내고 집으로 오실 시간이면 식당 앞에서 기다리고 있다가 어머니와 함께 집으로 동행하였고 집에서는 매일 어머니의 팔 다리를 마사지해 드렸다.

초등학교 시절 육상선수 생활을 하며 운동에 흥미를 갖게된 창호는 어머니의 뜻을 받들어 체육선생님이 되기로 자신의 인생목표를 정하였다.

자신의 삶의 목표를 체육교사로 정한 창호는 중학교에 입학하면서 운동선수 생활을 그만두었고 그 대신 학급의 체육부장을 자청해서 맡았다.

창호는 중학교와 고등학교 6년 동안 체육부장을 맡고 체육교사가 되기 위한 꿈을 더 크게 다져 나갔다.

목표가 분명한 창호는 학교 공부도 열심히 했으며 뛰어난 운동 기능을 바탕으로 연습하는 실기 종목들의 기록도 차츰 향상되어 갔다.

창호는 어려운 가정형편을 고려하여 국립대학인 강원대학교에 진학하기를 희망했다.

그것도 부모님의 경제적인 부담을 덜어드리기 위해 반드시 장학생으로 입학해야 한다며 동료들 보다 운동 기능이 뛰어났지만 이에 만족하지 않고 연일 비지땀을 흘렸다.

드디어 1993년 창호는 학력고사를 치렀고 열심히 노력한 만큼 기대했던 대로 좋은 점수를 받았다.

창호는 서울의 명문 사학인 연고대로도 충분히 지원할 수 있는 성적과 운동 기능이 되었지만 부모님의 입장을 고려하여 강원대학교로 최종 선택을 하였다.

강원대학교 사범대학 체육교육학과에 지원한 창호는 실기고사에서도 한 종목을 제외하고는 전 종목에서 만점을 받는 기염을 토하며 수석으로 합격하였다.

당시는 전·후기 대학으로 나누어 입학 시험을 치렀는데 창호는 자신이 전기 대학인 강원대학교 체육교육학과에 합격되자 같이 훈련했던 동료들의 후기 대학 실기 연습을 챙겨주기 시작했다.

전기 대학에 합격한 다른 녀석들은 합격자 발표이후 한 두 번 정도 학교에 등교했으나 창호는 후기 대학을 준비하기 위해 계속해서 실기 훈련을 받아야하는 나머지 동료들을 위해 나를 도와 매일 학교에 등교하는 정성을 보여주었다.

  추운 겨울날 손을 호호 불어가며 운동 기구들을 챙겨 주었고 내가 기록을 측정하면 창호는 기록표에 기록하는 등 고생을 함께 나누었다.

  그러면서도 녀석은 언제 준비했는지 내게 졸업기념 화일을 기증했는데 훈련 과정을 사진으로 찍고 남녀 모든 녀석들이 편지형식으로 내게 감사의 글을 쓴 추억록이라는 이름의 화일이었다.

  창호의 덕분에 많은 학생들이 자신의 꿈과 희망을 쫓아 대학으로 진할 수 있었다.

  1994년 3월 강원대학으로 진학한 창호는 드디어 대학생이 되었다.

  대학에 진학해서도 창호는 성실하고 부지런한 생활로 동료들로부터 신뢰를 듬뿍 받았음은 물론 선배들과 교수님들로부터 사랑 받는 대학생이 되었다.

  이후 나는 모교인 강원대학교 교수님들로부터 좋은 학생을 보내주어 고맙다는 칭찬을 수 없이 들을 수 있었다.

  대학에서 창호는 미식 축구에 심취하였다.

  인기 종목도 아니고 우리나라에는 아직 널리 보급되지 못한 미식축구였지만 창호는 미식축구 동아리에 가입하여 누구보다 열심히 활동하였다.

  창호는 강원대학교에 진학하여 학교생활을 하면서도 방학이나 휴일이면 어김없이 홍천고등학교로 등교하여 체육학과로 진학하고자 희망하는 후배 학생들의 실기훈련을 챙겨주었다.

  창호는 후배 중 강원대학교에 진학하고자 희망하는 학생들에게 입시와 관련된 각종 정보를 제공해 주면서 특별한 관심을 갖고 기록과 훈련 등을 직접 챙겨주었다.

이런 창호의 노력과 성원에 힘입어 1995학년 입시에서도 홍천고
등학교에서 강원대학교 사범대학 체육교육학과에 이현석군이 수석
으로 합격하여 2년 연속 수석합격자를 배출하는 영광을 차지하였다.

창호는 2학년 때 ROTC에 합격하였으나 어려운 가정 형편으로
장교가 되는 길을 포기한 채 휴학하고 군에 입대해야 하는 아픔도
겪어야 했다.

군 제대 후 복학해서는 다시 미식 축구부 주장을 맡아 열심히 활
동하였다.

그러면서도 창호는 부모님의 경제적인 어려움을 감안하여 조기
졸업에 목표를 두고 학점관리에 최선을 다했다.

2000년 4월 창호는 내가 근무하고 있는 강원사대부고로 동료들과
함께 교생실습을 나왔다.

창호는 교생실습도 누구보다 열심히 했으며 학생들 속에 파고들
어 그들과 함께 대화하며 앞으로 자신이 가르쳐야 할 신세대를 이
해하려고 노력하였다.

드디어 창호는 2000년 8월 자신의 희망대로 조기졸업을 하는데
성공하고 동료들 보다 한 학기 먼저 졸업하는 영광을 누릴 수 있
었다.

또 하나의 목표를 달성한 창호는 조기 졸업과 동시에 서울의 학
원에 등록을 하고 임용고시 준비에 박차를 가했으며 2000년 12월
강원도 교육청에서 실시한 임용고시에 응시하여 당당히 합격하였다.

자신이 계획을 세우고 왕성한 추진력으로 철저하게 실천해 어머
니의 기대에 부응한 효자 창호의 실천력이 또 한번 빛을 발하게
된 것이었다.

창호는 아니 서창호 선생님은 2001년 3월 원주시내의 북원여자중
학교로 발령을 받아 학생들을 가르치고 있다.

@ 고집 불통 인근이의 진학

박인근이는 1992년 화촌중학교 3학년 때 내가 신입생 유치활동을 하면서 처음 만나 알게된 학생이었다.

나는 당시 화촌중학교에서 1위를 하고 있는 인근이가 외지의 고등학교로 진학하려 한다는 정보를 입수하고 동문회 임원들과 함께 인근이네 가정을 방문하였다.

인근이와 부모님을 직접 찾아뵙고 홍천고등학교 홍보를 한 후 인근이가 신입생선발고사에서 3위 이내의 성적으로 합격하면 기숙사비를 동문 독지가와 자매결연을 맺어 지원해 주기로 약속을 하고 설득하여 홍천고등학교로 진학하게 된 학생이었다.

인근이는 신입생선발고사에서 2위로 합격하여 기숙사에 동문 독지가로부터 기숙사비를 지원 받으며 입사하게 되었고 장학생으로서 학비도 감면 받으면서 공부를 하게되었다.

인근이는 홍천고등학교에 입학한 이후 줄곧 전체 1위의 성적을 유지했다.

  입학 이후 기숙사에서 장학생으로 생활하던 그는 1학년말 어느 날 갑자기 기숙사를 퇴사해 버렸다.

  인근이는 기숙사 사감선생님의 강압적인 지도방법과 타이트하게 짜여진 틀 속에서의 단체생활을 답답하게 여겼기 때문이었다.

  인근이는 장학금 형식으로 받는 매달 이십여만원씩의 기숙사비를 포기하고 버스로 40분 거리의 집에서 통학해야하는 불편을 고집하였다.

  선생님들과 부모님의 만류에도 불구하고 인근이는 자신의 의지를 굽히지 않았다.

  인근이는 2학년말 탁월한 리더쉽을 발휘하여 시골 중학교 출신의 어려움과 한계를 극복하고 총 학생회장에 출마하여 다른 후보들을 압도적인 표차로 제치고 당선되었다.

  인근이는 학생회 활동도 지금까지와는 달리 선생님들의 지시나 간섭을 줄여가며 학생회 자치적으로 일 처리를 하여 학생회 활동을 활성화 시켰다.

  인근이는 학생회를 운영함에 있어서 매사를 능동적이고 진취적으로 추진하여 선생님들은 물론 동료와 후배들 사이에서도 절대적 신뢰를 받고 있었다.

  3학년이 되어 나와 인근이는 담임선생님과 학급학생으로 만났다.

  나는 당시 공부를 잘하는 학생들을 모아 놓은 학급의 담임을 맡고 있던 터라 어느 때 보다도 왕성한 책임감을 갖고 학생들을 지도했다.

  인근이는 학교 자연계 전체에서 1위를 차지하는 데다가 모의고사

점수가 항상 높게 나와 명문대학에 진학할 수 있는 학생으로 지목
되어 학교 모든 선생님들의 기대를 한 몸에 받고 있었다.

나는 녀석과 수 차례 상담을 하면서 고3이 되었으니 이제는 다시
기숙사에 입사해서 생활하도록 권유했고 또 사감선생님이 다른 학
교로 전근을 가심에 따라 기숙사 분위기가 크게 바뀐 사실을 들어
입사를 유도했다.

그러나 인근이는 사감선생님이 바뀐 틈을 이용해 기숙사에 재 입
사하는 것은 비겁한 일이고 기회주의자가 되기 싫다며 자신의 주
장을 굽히지 않았다.

고3이 되면서 1, 2학년 때는 실시하지 않던 야간 자율학습이 실
시되는 등 버스 통학을 해야하는 인근이 에게는 불편한 것이 하나
둘이 아니었다.

그러나 인근이는 모두 감수하였다.

하지만 이 고집 불통의 사내에게도 고민이 있었다.

중학교 때 자신에게 성적이 미치지 못했던 친구가 외지에 있는
명문고등학교로 진학했는데 모의고사 시험을 보면 자신보다 점수
가 늘 높게 나온다는 것이었다.

따라서 인근이는 외지의 고등학교로 진학하지 않은 것에 대해 몹
시 후회하고 있는 듯 했다.

그러나 나는 내신 성적에서 인근이가 1등급으로 훨씬 앞서있으며
최후의 결과는 대학입시가 끝나봐야 안다고 강조하였다.

인근이 자신도 국어, 영어, 수학에서 자신이 친구를 앞서 있기 때
문에 암기과목을 집중적으로 공부하는 2학기가 되면 충분히 앞설
수 있다는 자신감을 갖고 있었다.

나는 결국 인근이와 집의 방향이 같은 우리 반의 라준원 학생을 묶어서 밤 12시 자율학습이 끝나면 나의 승용차를 이용해서 집에까지 데려다주는 방법을 제안하였다.

인근이는 담임선생님의 신세를 져야한다는 점에서 처음엔 망설였으나 공부할 시간이 절대적으로 부족했던 관계로 선택의 여지없이 곧 동의하였다.

이후 인근이와 준원이는 아침 등교는 시내버스를 이용했고 야간 자율학습이 끝나고 집으로 귀가할 때는 내 승용차를 이용하게 되었다.

집으로 귀가하는 시간을 아껴 활용하기 위해서 인근이는 내게 승용차 안의 실내등을 켜줄 것을 부탁하였다.

나는 카센타에 의뢰해서 실내등의 밝기를 높여 주었으며 인근이와 준원이는 고마움에 보답이라도 하듯 희미한 불빛 아래서도 열심히 책을 보았다.

인근이는 자신의 공부도 열심히 했지만 동료들의 성적 향상을 위해서도 도움을 아끼지 않았다.

선생님들의 설명을 충분히 이해하지 못하면 친구들은 공부를 잘하는 인근이에게 몰려들었고 인근이는 누구를 막론하고 친절하게 설명해 주곤 하였다.

인근이의 공부하는 시간을 확보해 주기 위해서 담임인 내가 학급 학생들이 인근이에게 질문하는 시간을 통제해 주는 특단의 조치를 취해 줘야했다.

2학기가 되어 암기과목을 집중적으로 공부하게된 인근이는 매일 자신이 공부할 목표를 정하고 그 목표가 달성되면 휴식시간을 이용해 내게 와서 책을 내밀며 '선생님 물어보세요'하며 확인 학습을 하곤 하였다.

우리 반은 매주 주말 스트레스 해소를 위해서 네 팀으로 나누어 슈퍼리그라는 축구경기를 하였는데 인근이는 운동기능이 많이 떨어지는 탓으로 공을 잘 차지 못해 연실 헛발질을 하며 코믹 축구를 했지만 누구보다 열심히 뛰었다.

공이 있는 곳에는 인근이가 있고 인근이가 있는 곳에는 축구공이 있었다.

내가 '공도 못 차면서 무엇 때문에 그리도 열심히 뛰어 다니느냐'고 우문을 던졌을 때 그의 대답이 걸작 이였는데 '건강을 위해서'라는 짧은 한 마디였다.

일년간의 슈퍼리그 축구 경기가 끝나고 연말에 종합 시상을 할 때 그는 동료들로부터 최고 인기상을 수상하는 영예를 안았다.

그런 인근이가 1995년 대학입학 학력고사에서 200점 만점에 167점의 고득점을 획득하였다.

당시 160점 이상이면 서울대학에 지원이 가능한 점수였던 만큼 담임인 나와 진학지도 담당 선생님들은 인근이가 서울대학교에 충분히 진학할 수 있는 좋은 성적이라며 몹시 기뻐했다.

그러나 나를 찾은 인근이는 자신은 논술 시험을 치러야하는 서울대학교에 진학하고 싶은 생각이 조금도 없다며 학력고사 성적만으로 신입생을 선발하는 특차전형의 연세대학교 공학부에 진학하겠다는 자신의 뜻을 분명하게 밝혔다.

인근이는 모의고사를 치를 때마다 지원희망 대학을 조사했지만 한 번도 서울대학교를 희망하지 않았었다.

학교가 발칵 뒤집혔다.

연구부장 선생님의 설득이 여의치 않자 교감, 교장선생님까지 나서서 녀석을 서울대학교에 지원하도록 설득하면서도 모든 시선이 담임인 나에게 집중되었다.

부모님께서도 담임인 나에게 인근이가 생각을 바꾸어 서울대학교로 지원할 수 있도록 잘 설득해 달라는 부탁의 말씀을 하셨다.

그러나 인근이는 내게 먼저 선수를 쳤다. '선생님 제가 원하는 대학, 원하는 학과에 갈 수 있도록 담임선생님께서 도와주세요' 하는 말에 아쉬움은 크게 남았지만 인근이의 성품을 잘 아는 나는 더 이상 그를 설득 할 수 있는 어떤 말이나 명분이 없었다.

나와 인근이는 서울대학교 합격생 배출 인원수로 학교를 평가하는 풍토 속에서 서울대학교 합격생을 한 명이라도 더 배출하기 위해 안간힘을 쓰던 모든 분들의 기대를 저버렸다.

학교의 명예를 위해서 자신이 희생양이 될 수 없다며 자신이 평소 생각했던 대로 연세대학교에 원서를 냈고 결국 인근이는 자신의 희망대로 연세대학교 공학부에 특차로 합격하였다.

평소 내게 농담 삼아 말하던 '초 인류 기업'을 만들기 위한 첫걸음을 시작한 것이었다.

대학 진학 후 나를 찾은 인근이는 연세대학교의 생활에 만족하고 있으며 먼 훗날 자신의 선택이 옳았다는 사실을 모든 선생님들이나 부모님이 아시게 될 것이라고 자신 있게 이야기했다.

@ 자신의 꿈을 비디오에 담은 사태지

1996년 나는 홍천고등학교에 8년째 근무하면서 3학년 담임을 7년 째하고 있었다.

지난해에는 자연계의 담임을 맡았었으나 올해는 인문계인 3학년 2반 담임을 맡았다.

담임의 역할도 전문화되어 있어 같은 분야를 계속 맡아야 역할 수행이 수월함에도 불구하고 인문계와 자연계를 번갈아 가면서 담 임을 하자니 어려움이 가중되었다.

뿐만 아니라 학교 운영위원장, 학교 어머니회장, 학사 어머니회장 등의 자녀들이 모두 우리 반에 소속되어 있어 윗분들의 관심이 집 중되는 것이 몹시 부담스러웠던 한 해였다.

이런 우리 반에 사성욱이라는 학생이 있었는데 녀석은 비교적 육 중한 몸매를 지녔으며 노래를 유난히 잘했다.

따라서 당시 청소년들의 선풍적인 인기를 끌었던 서태지라는 가수와 성욱이의 뚱뚱한 몸매를 묶어서 합성어인「사씨 성을 가진 돼지 같은 서태지」라는 이름에서 사퇘지로 불리웠다.

성욱이는 얼굴도 둥글 넓적하고 마음도 얼굴만큼이나 넉넉하고 여유 있었으며 항상 밝은 표정에 매사에 능동적이고 적극적인 학생이었다.

성욱이는 21세기형 팔방 미인이었다.

성욱이는 우선 공부를 잘했다. 특히 수학과목에는 발군의 실력을 갖고 있어 강원도 수학 경시대회에 출전하여 입상한 경력도 있다.

운동기능도 뛰어나 축구, 농구, 배구 등 못하는 운동이 없었고 노래는 애칭에서 알 수 있듯 가수에 버금가는 뛰어난 가창력과 유연한 댄싱 솜씨를 지녔다.

리더쉽도 뛰어나 1, 2학년 때는 학급실장을 맡았었을 뿐만 아니라 글쓰기를 좋아하고 발표력이 뛰어난 성욱이는 장차 언론계에 투신하여 자신의 삶을 살아가겠다며 3학년 초 자신의 진로를 신문방송학과로 정해 놓고 열심히 공부하였다.

성욱이는 밝은 성격만큼이나 시원시원했는데 자신은 경희대학 신문방송학과에 진학할 것이라며 책이나 노트에는 자신의 이름인「사성욱」대신「경신방」(경희대 신문방송학과)이라고 대문짝만하게 써 놓고 자신의 분명한 목표의식 아래 학업에 정진하였다.

녀석은 선배들로부터 물려받은 너덜거리는 3년 간의 모의고사 문제지를 풀며 공부하는 독특한 학습방법으로 공부하였다.

노래를 잘 부르는 성욱이는 학교 교내축제인 석화제에서 2년 연속 가요 대상을 수상하였으며 야간 자율학습시간에 친구들이 졸립거나 주의 집중이 잘 안될 때는 노래를 한 곡 구성지게 불러주곤 하였다.

나는 담임을 맡으면 체육교과의 특성을 살려 강인한 지구력으로 학급 학생들을 붙잡고 늘어지면서 혹독하게 공부를 시키는 반면 다양한 이벤트를 준비하여 학생들의 스트레스를 그 때 그 때 해소시켜가면서 학급을 경영하느라고 부단히 애를 썼다.

대표적인 것이 주말의 슈퍼리그 축구경기와 매주 수요일 밤의 스피드 퀴즈였다.

나는 슈퍼리그와 퀴즈 상품 마련을 위해 홍천읍내의 개업집이나 회갑연이 있는 집의 기념품을 모아 오는 일이 취미가 되어버렸다.

방학 때면 학급 단체로 설악산을 등반하는 것을 잊지 않았으며 학급지를 만들거나 다른 반에서는 하지 않는 독창적인 아이디어를 창출해 가면서 학급학생들에게 즐거운 추억거리를 제공해 주려고 노력하였다.

신문방송학과를 진학하겠다는 성욱이에게서 착안하여 나는 멀티비젼 시대에 걸맞게 고3의 어렵고 힘든 1년 과정을 비디오 카메라로 촬영하여 테잎에 담아 먼 훗날 추억을 찾을 수 있게 해야하겠다고 작정하였다.

내 이야기를 듣고 장래 희망이 신문 방송인이 되고자 하는 성욱이는 자기 일처럼 반겼고 자신이 촬영에서 편집에 이르기까지 전반적으로 도맡아 하겠다며 의욕적으로 나섰다.

담임인 나는 성욱이가 수험생인 3학년임을 감안하여 학교 공부에 지장이 없는 범위 내에서 계획을 수립하고 작업할 것을 주문하였다.

나는 학교의 크고 작은 행사가 있을 때마다 모두 비디오 카메라로 촬영을 하도록 하였는데 성욱이가 목록을 작성하고 확인해 가면서 전반적인 계획을 수립하였다.

그러면서도 성욱이는 조금도 공부를 게을리 하지 않았다. 내신성적도 상위권을 유지했으며 모의고사 시험도 늘 우리반에서 1, 2등을 다투었다.

사퇴지는 공부하기 위해 책상에 앉으면 자신이 목표한 분량을 완전히 마스터하기 전에는 자리에서 일어나는 경우가 없었다.

무더운 한 여름 날 동료들은 쏟아지는 졸음을 견디지 못하고 꾸벅 꾸벅 졸고 있어도 녀석은 말똥말똥한 눈으로 공부를 하곤 하여 비결을 물었더니 짧은 시간의 잠이지만 잠자리에 들면 남이 업어가도 모를 정도로 숙면을 취한다고 나름대로의 비법을 털어놓았다.

성욱이의 학교 성적이나 왕성한 추진력 그리고 매사에 적극적인 지칠 줄 모르는 힘의 원천은 그의 육중한 몸에서 나오는 것 같았다.

웬만하면 다이어트에도 관심을 가질 법 하지만 성욱이는 고3은 체력이 왕성해야 공부를 잘할 수 있다며 먹는데도 일등이었다.

성욱이의 식성은 정말 대단했다. 언제 어느 때나 꼭 2인분을 먹어치우곤 했다.

성욱이는 학교 기숙사에서 생활했는데 뜻이 맞는 친구들과 함께 스터디 그룹을 만들고 자신이 리더가 되어 주말마다 공부 방법과 학교 생활 등을 토의하였으며 친구들끼리 부족한 과목을 서로 가르쳐 주는 시간을 갖곤 하였다.

기숙사 내의 일부 1, 2학년 후배들도 성욱이가 만든 스터디 그룹에 참가하여 함께 토의하며 선후배간에 사랑과 우정을 돈독히 나누었다.

1996년 11월 춘천으로 가서 대학수학능력 시험을 치렀고 한달 뒤 결과가 발표되었다.

성욱이는 난이도가 어렵게 출제되었으나 평소 모의고사 성적을 훨씬 상회하는 좋은 성적을 받았다.

성욱이는 선택의 여지없이 자신이 평소 희망했던 대로경희대학교 신문방송학과에 지원을 하였고 당당히 합격하는 영광을 차지하였다.

자신의 희망대로 신문방송학과에 합격한 성욱이는 우리 반의 비디오 편집작업에 탄력을 붙였다.

매일 춘천의 영상 전문업체를 오고가면서 그 동안 촬영해 모은 자료들을 정성들여 편집하였다.

녀석은 나레이션 할 원고를 자신이 직접 쓰겠다고 말하고 다음 날 원고지에 작성하여 내게 가지고 왔는데 읽어보는 순간 나도 모르게 가슴에 찡한 전율이 흘렀다.

나도 글을 조금은 쓸 줄 안다고 생각하고 있었는데 성욱이의 글은 간결하면서도 주옥같았으며 감동적이어서 듣는 이 모두의 심금을 울렸다.

나는 받침하나 수정하지 않고 성욱이가 써 가지고 온 그대로 더빙하였다.

1997년 1월 편집이 완료되고 하나의 작품으로 완성되었다.

몇 번씩 반복해 보아도 전문가의 작품 이상으로 너무나 훌륭했고, 특히 성욱이가 쓴 글이 나레이션으로 나올 때는 시청하는 사람 모두의 가슴이 뭉클해지는 뜨거운 감정을 느끼게 되었다.

성욱이의 자기 소질과 적성을 살린 노력과 집념으로 우리 반 학

생들은 1997년 2월 고등학교 졸업식장에서 앨범과 함께 다른 반에
서는 상상도 할 수 없는 고3의 1년 과정이 생생히 살아있는 비디
오 테잎을 하나씩 졸업기념으로 받을 수 있었다. 모름지기 전국에
서 최초였을 것이라고 확신한다.
　성욱이는 홍천고등학교를 졸업한 후 경희대학에 입학하여 신문방
송에 관한 전문적인 공부를 하며 대학생활을 만끽하고 있다.

@ 부상병동 에어(Air) 김혁

내가 강원사대부고 농구 감독을 맡고 있을 당시 우리 팀의 신장
은 전국에서 제일 작았다.

시합을 가거나 전지훈련을 위해 팀을 인솔해 가면 상대팀 학부
모님들이나 코칭스탭이 탁구선수들을 데리고 왔느냐며 놀려대곤
했다.

나는 강원도 전역에 안테나를 세워 놓고 키가 큰 학생을 찾는데
혈안이 되어 있었다.

그러던 1997년의 어느 여름 날 속초에서 193cm가 넘는 한 녀석
이 농구를 하겠다며 스스로 우리 학교를 찾아왔다.

나는 너무나 반갑고 고마웠다. 하지만 녀석은 일주일도 견디지
못하고 농구가 생각보다 너무 힘들고 어렵다며 팀을 이탈해 고향
으로 돌아가 버렸다.

녀석이 팀을 떠나면서 스쳐 지나가는 말로 '속초상고에 정말 농

구를 잘하는 아이가 한 명 있다'고 말했다.

나는 선수가 부족해 답답해하던 차에 그 녀석의 말이 생각나 속초상고의 체육선생님께 전화를 걸어 농구에 기능이 뛰어난 학생이 정말 있는지 확인하였다.

속초상고 체육선생님께서는 농구를 곧잘 하는 '김 혁'이라는 녀석이 있다며 직접 와서 한번 테스트 해 보라는 것이었다.

나는 단숨에 속초로 달려가 김 혁을 찾았다.

혁이는 푸른 동해가 넘실대는 바닷가 바로 옆에 위치한 강원도 양양군 강현면 정암리가 집인 학생으로서 농구선수로서는 결코 크다고 할 수 없는 185cm 밖에 되지 않는 키였지만 제자리에서 점프하여 두 손으로 링을 잡는 엄청난 탄력을 보유하고 있었다.

혁이는 초등학교 시절을 부산에서 보냈는데 이때 잠시 농구를 배웠던 경험이 있었고 본인도 상업고등학교에 적성이 맞지 않아 학교 생활에 적응하지 못하고 있으며 운동이 적성과 취미에 맞는다며 농구선수가 되기를 강력히 원했다.

혁이는 상업고등학교 생활에 적응하지 못하고 같은 부류의 동료 학생들과 어울려 다니며 술과 담배를 가까이 하는 등 불성실한 생활을 하고 있었다.

나는 기초 훈련이 제대로 되어 있지 않은 혁이가 농구를 하기 위해서는 일년을 재수하는 것이 좋겠다며 권했고 혁이 본인도 흔쾌히 재수를 해서라도 운동을 하겠다고 약속했다.

그러나 문제는 부모님을 설득하는 일이 쉽지가 않았다. 혁이 아버님과 어머니는 경제적으로 넉넉하지 못한 가정형편으로 강원사대부고는 합숙소가 없어 기숙사 생활을 해야하는데 기숙사비 조차

감당하기 어려울뿐더러 1년씩 재수시켜가며 농구를 시키고 싶지 않다고 단호하게 거절하셨다.

나는 대학 동기인 속초상고 체육선생님과 내가 양양여자고등학교에 근무할 당시 친분이 있었던 양양군 체육회 관계자의 협조를 받아 아버님을 설득하는데 총력을 기울이는 한편 본인에게 농구선수로 대성할 수 있다는 확고한 의지를 심어주는데 진력하였다.

드디어 나는 끈질긴 설득과 노력으로 어렵게 혁이 부모님의 동의를 얻는데 성공하였으며 1997년 10월에 녀석을 속초상업고등학교에서 자퇴시키고 우리 학교 기숙사에 입사시켜 놓고 본격적인 농구지도에 들어갔다.

농구를 시작하자 혁이는 물을 만난 물고기처럼, 날개를 단 새처럼 신바람 나는 생활을 시작하였다.

혁이는 나와 코치선생님의 생각보다도 매우 빠르고 쉽게 농구부 생활에 적응해 갔으며 이듬해 3월 우리 학교 신입생으로 입학하였다.

뒤늦게 농구를 시작한 혁이는 매일 밤낮으로 농구공을 끼고 살았다. 식사하기 위해 식당에 가면서도 농구공을 가지고 다녔으며 기숙사에서 잠을 잘 때도 농구공을 인형처럼 안고 자곤 하였다.

녀석은 드리블, 패스, 슛팅, 피봇 등 농구의 기초훈련을 팀 운동이 끝난 후 선배들로부터 혹독하리 만큼 특별지도를 받곤 하였다.

고의적으로 괴롭히는 못된 선배들도 있었지만 혁이는 모두 자신을 위한 사랑으로 받아들였다.

체육관을 반복해서 왕복으로 뛰는 선배들의 기합이 아무리 고통스럽고 힘들어도 혁이는 이를 악물고 독을 쓰며 참아냈다.

3학년 주장 녀석은 내게 저렇게 지독한 녀석은 처음 봤다며 내년에 당장 큰일을 낼 무서운 녀석이라고 경계했다.

뛰어난 운동기능에 그의 집념과 노력이 뒷받침된 혁이의 농구 실력은 하늘 높은 줄 모르고 욱일승천하였다.

키가 195cm가 넘는 선수들도 구사하기 힘든 덩크슛을 한 손, 두 손 덩크에 심지어는 백 덩크까지 자유자재로 구사하는 괴력을 발휘하였다.

미국 프로 농구의 황제 마이클 조던과 같이 공중에 떠 있는 체공시간이 길어 모두들 혁이를 『에어 혁』이라고 불렀다.

1학년 2학기에는 농구를 시작한 지 몇 개월 되지 않았음에도 당당히 2, 3학년 선배들을 제치고 파워포드의 주전자리를 꿰차고 내·외곽을 드나들며 감각적인 천부적 기능을 발휘하며 맹활약하였다.

상대팀의 키 큰 센터 뒤에서 솟구쳐 올라 볼을 가로채는 혁이의 리바운드 솜씨는 단연 압권이었다.

선후배로 구성되어 있는 단체 운동경기에서 저학년이 경기에 출장하는 시간이 늘어나면 자연스럽게 선배들로부터 곱지 않은 눈총을 받게 마련인데도 혁이는 특유의 유머와 재치로 동료, 선배, 후배들로부터 우리 팀에 없어서는 안 되는 빛과 소금 같은 존재로 신뢰를 듬뿍 받을 수 있었다.

혁이는 유연한 몸놀림의 춤솜씨가 수준급이었으며 입담이 강했다. 훈련 후 동료와 선배들이 지쳐있거나 게임에서 팀이 패해 분위기가 가라앉아 침체되어 있으면 혁이가 분위기 메이커로 팀의 분위기를 바꾸어 놓곤 하였다.

탤런트 못지 않게 잘생긴 외모와 그의 출중한 농구 실력으로 혁이는 늘 여학생 팬을 몰고 다녔다.

남녀 공학인 우리 학교에서는 물론 타 지역으로의 전지 훈련이나 대회 시합장에서도 그의 전화번호와 E-메일 주소를 묻는 여학생들이 즐비했다.

나는 혁이가 운동에 소홀해 질까봐 항상 걱정이 되어 운동 선수는 술, 담배는 물론 이성교제를 해서는 훌륭한 선수로 성장할 수 없다고 귀가 닳도록 강조했다.

다행히 혁이는 각종 유혹에도 불구하고 자신을 지켜 내는데 성공했으며 프로 농구에서 자신의 가치를 확인하겠다는 집념과 오기로 오직 농구에만 전념하였다.

혁이의 농구 인생이 순탄한 것만은 아니었다.

혁이의 단점은 구력이 짧은 관계로 경험이 부족해 시야가 좁다는 점이었으며 장점은 천부적으로 타고난 운동 신경과 탄력이었는데 지나치게 의욕이 컸던 혁이는 연습과 시합, 때와 장소를 가리지 않고 몸을 사리지 않는 플레이로 발목과 무릎은 성한 날이 없었고 팔과 턱이 골절되는 등 늘 크고 작은 부상에 시달려야 했다.

운동 중 병원에 실려가 응급 치료를 받은 횟수도 족히 다섯 번은 되었다.

그러나 우리 팀 부동의 주전인 혁이에게 팀의 승리를 위해서는 휴식이나 제대로 된 치료를 받게 할 틈 없이 혹사시킬 수밖에 없었다.

나는 늘 이점이 혁이에게 미안한 마음으로 남아있다.

혁이 자신도 승부욕이 강해 골절된 다리의 깁스를 푼 지 일주일도 안돼 진통제 주사를 맞아가며 경기에 출전하는 투혼과 희생정신을 발휘했다.

　다른 동료들은 몸의 컨디션이 좋지 않거나 다치게되면 벤치에서 앉아 휴식을 취하면서 동료들이 운동하는 모습을 지켜보곤 하는데 반해, 혁이는 수없이 많이 다쳐 붕대를 풀 틈이 없었음에도 불구하고 벤치에 앉아 쉬고 있는 모습을 찾아보기가 어려웠다.

　오른손을 다치면 왼손으로 공을 던졌고 다리를 다치면 절뚝거리면서도 체육관 귀퉁이에서 패스연습이나 슛팅 연습을 했으며 웨이트장에서 기구를 들어올리며 땀을 흘렸다.

　혁이에겐 농구선수로서의 고비도 여러 차례 있었다. 어려운 가정 형편 관계로 자모회비를 제때 내지 못해 학부모간의 갈등이 발생하자 혁이의 어머니는 혁이가 농구를 그만두기를 간곡히 권유하셨고 방학 때 집에만 다녀오면 혁이는 농구를 포기해야 하겠다고 내게 상담을 해오곤 했었다.

　하지만 농구가 자기 인생의 전부라는 것을 잘 알고 있는 그는 곧 농구코트에서 땀을 흘리며 누구보다 열심히 던지고, 뛰기를 반복했다.

　혁이는 해병대 출신인 아버지의 엄격한 가정교육 덕인지 기본적인 생활 습관이 잘 되어 있는 선수였다.

　식당에서의 식사 때나 훈련 중 간식이 제공되면 제일 먼저 선생님 몫을 챙기는 녀석이 바로 혁이었다.

　3학년이 되어 1, 2학년 후배들이 있음에도 선생님들은 자신이 늘 직접 챙겼다.

　훈련 중 코치선생님으로부터 엄격한 꾸지람이나 체벌이 있어도 얼굴을 찌푸리는 모습을 찾아 볼 수가 없었다.

항상 밝고 명랑했으며 매사에 긍정적이고 적극적이었음은 물론 자신감이 넘쳤다.

김혁이가 3학년이 되던 해에는 전국대회에서 두 차례나 4강에 입상하는 전적을 올렸으며, 특히 부산에서 개최된 제81회 전국체육대회에서는 발목 관절이 부상중임에도 진통제를 맞고 출전해 득점과 리바운드 등 공수에서 종횡무진 활약하여 메달을 획득함으로서 자신을 키워준 모교와 향토에 멋지게 보답하였다.

혁이 부모님께서도 혁이가 농구선수로 꿈을 키울 수 있도록 해준 학교측에 감사한 마음을 전하는 뜻에서 농구부 후배 선수들에게 필요한 대형 세탁기와 경기 분석용 대형 멀티비젼을 구입해 기증해 주셨다.

그는 대학 진학에 있어서도 많은 대학에서 스카우트제의가 있었지만 욕심부리지 않고 자신의 진로를 학교측에 일임하는 성숙한 자세를 보였으며 결국 동료와 함께 서울의 동국대학교 농구부에 스카우트되어 더 높고 큰 농구 무대에서 그의 새로운 도전을 시작하고 있다.

혁이는 대학에서도 1학년부터 경기에 출전하는 등 실력을 인정받고 있으며 대학 측의 배려로 고등학교 시절에 혹사당해 고질적으로 앓아 온 발목 관절을 수술하고 완전한 치료를 받았다.

자신이 꿈꿔온 프로 무대를 향해 한 걸음 한 걸음 전진해 가는 '에어 혁'에게 파이팅을 보낸다.

Ⅳ. 역경을 딛고 시련을 넘어라.

@ 여장부 순호의 주경야독
@ 정호의 양부모 모시기
@ 신문돌이 명원이의 조석간 싹쓸이
@ 미래 농촌의 기수 상호
@ 말더듬이 영성이의 도전
@ 키다리 정원이의 지하철 순정
@ 임파선 암을 이겨낸 재현이

온갖 비바람에 시달린
볼품 없는 야생화와
영하의 추위 속에서 핀 매화가
온실 속에서 자란 장미보다
아름다워 보이는 것은
역경과 시련을 이겨내고
그 결실을 드러냈기 때문이다.
불우한 자신의 환경과 처지를 탓하고 비관하여
의욕을 잃는 것은 실패자가 되는 지름길이다.
역경과 시련을 기피하기보다는 정면으로
돌파해 나가려는 용기와 슬기롭게 극복해
내려는 지혜가 있어야 한다.
역경과 시련의 고통을 인내로 극복하고 자신의
목적을 이루어낸 기쁨은 항상 두배이며
세상에서 가장 아름답고 값진 것임을
기억해야 한다.

@ 여장부 순호의 주경야독

내가 1982년 9월 첫 발령을 받은 강원도 정선군 고한종합고등학교는 첫 졸업생을 배출한 초창기의 학교였으며 인문계 과정의 보통과와 실업계 과정의 상업과가 함께 있는 종합고등학교로서 3학년에만 여학생이 있는 남녀공학이었다.

고한여자고등학교가 별도로 개교하여 여학생들을 선발했기 때문에 고한종합고등학교 1, 2학년은 남학생들로만 구성되어 있는 학교였다.

3학년은 모두 4개 반이었는데 그 중 여학생 반은 보통과 1학급과 상업과 1학급으로 모두 두 개 반이 편성되어 있었다.

인문계 학급의 학생들은 담임선생님이 여러 가지로 진학에 대한 정보를 직접 챙겨주시며 대학 진학을 목표로 공부를 시켰지만 상업과 학생들은 주산, 부기, 타자 등의 자격증을 취득하는 기능훈련에만 심혈을 기울이고 있었다.

나는 당시 신출내기 교사로서 서울에 있는 대학의 대학원에 응시하기 위하여 나름대로 열심히 공부를 하며 시험 준비를 하던 시절이었다.

도서관이나 독서실이 없는 광산촌이라 나는 학교의 조용한 빈 교실을 이용하여 공부를 하곤 하였다.

상업과 학생들 중에도 대학에 진학하고자하는 학생들이 일부 있었는데 방과 후 공부할 마땅한 장소와 공간이 없어 학교의 빈 교실을 찾던 그들과 나는 자연스럽게 같은 교실에서 함께 공부를 하게되었다.

그 중에 권순호라는 여학생도 끼어있었다.

순호는 3학년 남녀 상업과를 통 털어서 성적이 가장 우수한 학생이었다.

순호는 인문계 학과에서도 충분히 상위권의 성적을 유지할 수 있는 우수한 성적을 지닌 학생이었다.

순호네 부모님께서는 사업에 실패하시고 고한읍의 변두리에서 조그만 가게를 운영하셨으나 넉넉하지 못했고 순호에게는 동생들이 넷이나 되었다.

따라서 순호는 부모님의 어려운 가정 사정을 감안하여 스스로 대학 진학에의 꿈을 포기하고 고등학교 졸업 후 일찍 취업하여 동생들의 학비를 도와주는 등 집안 경제에 보탬이 되고자 상업과에 진학한 꿈 많은 소녀였다.

순호는 이미 3학년 초 부기, 타자, 주산 등에 모두 1급의 자격증을 취득하여 상업과에서는 독보적인 자리를 굳히고 있는 모범 학생이었다.

그런 순호가 웬일인지 몇몇 동료들과 함께 대학 진학을 위한 공부를 하기 시작하였다.

내가 어느 날 대학시험에 응시할 생각이 있느냐고 물었더니 순호는 '올해는 취업을 해 돈을 벌고 내년에 대학 시험을 치르겠다'라고 야무진 꿈을 밝혔다.

그러니까 순호는 당장의 앞을 보고 공부를 하는 것이 아니라 멀리 앞을 내다보며 자신의 목표를 향한 도전을 시도하고 있었다.

순호는 자신의 공부를 하다가도 동료들의 질문을 받으면 짜증 한 번 내지 않고 친절하게 가르쳐주곤 했다.

순호는 친구들에게 가르쳐 주는 것을 재미있어 하고 아이들의 이야기이긴 하지만 선생님들의 설명보다도 순호의 설명이 더 쉽게 이해가 잘 된다고 말하곤 했다.

나는 그 해 겨울 대학원 시험에 어렵게 합격을 했으며 순호는 우수한 성적으로 고한종합고등학교를 우등생으로 졸업하고 졸업과 동시에 서울 영등포에 있는 작은 회사로 취업이 되었다.

순호는 본격적으로 사회에 첫발을 내딛고 힘든 직장 생활을 시작하였다.

고등학교를 졸업하고 사회에 첫발을 내딛으며 직장 생활을 시작한 순호는 한푼의 돈이라도 더 벌고 모으기 위해 밤 10시까지 야근을 했다.

낮에는 경리직으로 근무를 했고 야근이 시작되면 보수가 비교적 높은 생산직으로 업종을 바꾸어 일을 해 '독종' 소리를 들어가며 근무를 했다.

야근을 하면 회사에서 저녁 식사를 제공해 주고 많은 수당을 별도로 지급해 주었으므로 순호에게는 경제적으로 큰 도움이 되었다.

순호는 돈을 아끼기 위해 회사 옆의 지하실에 있는 작은 방을 얻어 자취를 하며 생활하였다.

순호가 생활하고 있는 영등포 일대에는 입시학원이 장사진을 이루고 있었다.

가끔 외출할 기회가 있어 입시학원 앞을 지나치거나 학원 간판을 볼 때마다 순호는 대학 진학을 위해 남들처럼 입시학원에 등록하여 공부하고 싶은 생각이 굴뚝같았다.

상업과를 졸업한 순호는 고등학교 교육과정이 실업계였으므로 인문계로 대학을 진학하기 위해서는 학창 시절에 배우지 않은 생소한 과목들도 공부를 해야하는 형편이었다.

따라서 순호에게는 학원수강이 꼭 필요했고 절실했다.

하지만 시간이 없고 돈을 아껴야하는 순호에게는 한낱 희망사항에 불과 했다.

그러나 순호는 실망하지 않고 퇴근 후 혼자 골방에서 책과 씨름을 하며 자신의 소중한 꿈을 키워 나갔다.

고등학교 시절에 배우지 못한 과목들은 대학에 진학한 친구들에게서 참고서를 빌려 독학으로 공부했다.

순호는 주말을 이용해 한 달에 한 번 정도 부모님이 계시는 고향에 내려오곤 했는데 집에 오면 어김없이 학교로 나를 찾아 힘든 직장 생활의 애환을 들려주었다.

서울 이야기를 들려줄 때면 광산촌과는 비교가 되지 않는 서울 사람들의 삶에 대하여 마치 다른 나라 사람들의 생활 양식인 양 신기해하며 전해 주었다.

순호는 환경의 변화와 새로운 직장 생활에 적응하지 못해 처음 한 두 달은 갈등과 고민으로 밤을 지새웠다.

나는 기회가 있을 때마다 순호는 충분히 해 낼 수 있다는 자신감을 심어주려고 애를 썼고 대학에 진학한 고등학고 동창들의 캠퍼스 생활을 동경하고 몹시 부러워하는 순호 자신도 꿈의 실현을 위해 내게 대학 진학에 대한 다양한 정보를 묻곤 했었다.

순호는 자신의 힘으로 학비를 조달할 수 있고 장차 선생님이 될 수 있는 국립대학의 사범대학과 교육대학에 대하여 큰 관심을 갖고 있었으며 특히 대학의 장학제도에 대하여 많은 것을 알고 싶어 했다.

순호의 꿈은 나처럼 선생님이 되어 자신처럼 어렵고 힘든 학생들을 가르치며 그들에게 크고 작은 희망을 심어주는 것이라고 내게 늘 이야기하곤 했었다.

순호는 직장에서 돈을 벌어 동생들 학비를 지원하고 어려운 부모님의 가계에 도움을 주면서 자신은 틈틈이 대학입학 시험공부를 하였다.

순호가 근무하는 직장에서는 순호의 부지런하고 빈틈없는 업무처리 능력을 높이 평가해 순호에게 좋은 조건을 제시하며 직장 생활을 계속할 것을 희망했지만 그 해 11월 순호는 대학입학 시험을 치르기 위해 미련 없이 서울 생활을 마감하고 고향으로 내려왔다.

회사에서는 순호에게 야간대학에 진학하면 학비를 보조해 주겠다며 잔류를 강력히 권유하였다.

하지만 선생님이 되어 학생들을 가르치려는 자신의 꿈을 펼치기 위해서는 사범대학이나 교육대학으로 진학해야하는데 야간대학을 졸업해서는 선생님이 될 수 있는 길이 없었으므로 순호에게는 선택의 여지가 없었다.

대학에 원서를 접수시키는 과정에서 순호는 성적과 적성 등을 따져보며 많은 고민과 번뇌 끝에 강원대학교 사범대학 한문교육학과에 원서를 접수시켰다.

그리고 순호는 남들과는 다른 합격의 기쁨을 맛보며 당당히 장학생으로 선발되었고 꿈속에서도 동경해 왔던 대학생이 되었다.

강원대학에 진학한 순호는 1년간의 사회생활을 했던 경험을 바탕으로 학비는 장학금으로 해결하고 생활비는 아르바이트를 하면서 조달하였다.

순호는 부모님의 경제적인 지원을 전혀 받지 않고 공부할 수 있었으며 아르바이트와 공부를 병행해야하는 정신없이 바쁜 틈에서도 누구보다 왕성한 대학생활을 하였다.

순호는 대학의 총학생회 활동에도 적극적으로 참가하여 직책을 맡고 고등학교시절 어려운 가정형편 탓에 묶어 두어야만 했던 자신의 무한한 잠재력을 마음껏 발휘하였다.

학생회 활동 중 외국에도 다녀와 다양한 문화를 체험하는 등 동료들 보다 1년 뒤늦게 진학한 대학이었지만 남들 보다 한 발 앞서가며 대학생활을 만끽하는 지혜를 발휘하였다.

대학을 졸업한 그녀는 자신이 평소 꿈꾸어왔던 대로 경기도 부천에서 중학교 선생님이 되어 사랑으로 학생들을 가르치고 있으며 더 훌륭한 교사가 되고자 대학원에 진학하여 공부를 계속하고 있다.

@ 정호의 양부모 모시기

1986년 내가 고한종합고등학교에서 고3 담임을 처음 맡았던 해에 우리 반에는 큰아버님 댁에서 양자로 생활하는 남정호라는 학생이 있었다.

남정호는 아버지께서 지병으로 돌아가시고 어머니는 충청북도 단양의 시골에서 형과 함께 농사를 짓고 계신 가운데 어려서부터 양자로 큰아버지네 댁에서 살고 있는 학생이었다.

정호는 불우한 환경이었지만 우리 반에서는 다섯 손가락 안에 들어가는 공부 꽤나 하는 학생이었다.

정호가 양자로 들어와 살고 있는 큰아버지 댁의 생활은 큰어머니께서 다 쓰러져 가는 구멍가게를 어렵게 운영하여 생계를 유지하고 계시며 큰아버지는 환갑을 넘기신 고령인데 다가 알콜에 중독되시어 술로 나날을 지새우는 분이셨다.

가게 옆에 붙은 작은 골방에서 세 식구가 함께 생활해야 하는 정호는 집에서는 공부할 엄두조차 낼 수 없었고 가정형편상 고등학교를 졸업할 수 있다는 것만으로도 행복해 해야하는 딱한 처지였다.

정호의 큰어머니께서도 학년초 학부형 회의에 참석하시어 가정형편상 정호를 대학에 진학시킬 형편이 못되며 고등학교 졸업 후 광산에 취직해서 돈을 벌게 하겠다고 말씀하시면서 내게 좋은 일자리가 있으면 추천해 달라는 특별 부탁을 하기도 했다.

나는 정호의 큰어머니에게 정호는 공부를 잘하고 자립심이 강하기 때문에 집에서 많은 돈을 들이지 않고도 대학에 충분히 보낼 수 있다고 설명을 해 드렸다.

그리고 나는 틈틈이 집 바로 옆의 수퍼마켓을 지나 정호네 구멍가게에 들려 생필품을 구입하며 정호 큰아버지 내외분께 정호의 대학 진학에 대하여 설득하는 작업을 게을리 하지 않았다.

비교적 학교 성적이 좋았던 정호는 학교에 오면 공부에 전념하면서 어렵고 힘든 가정생활을 잃어버리기 위해 부단한 노력을 기울였다.

큰 덩치에 과묵한 정호는 동료들과 잘 어울리지 않고 오직 책상에 앉아 공부에만 집중하였으나 우리 반에서 수학을 가장 잘했던 정호 주변에는 항상 수학문제를 풀어달라는 친구들이 모여들었다.

정호는 시간에 쫓겨 자신의 공부를 해야하는 시간에 친구들을 가르쳐 주면서도 친구가 몰랐던 사실을 자신의 설명을 듣고 알게되었을 때 너무 기분이 좋다며 대학에 진학하게 되다면 사범대학이나 교육대학에 진학하여 학생들을 가르치는 선생님이 되겠다는 목표를 정하였다.

나도 정호의 성품이나 적성으로 볼 때 선생님이 가장 잘 어울릴 것이라고 거들어 주었다.

정호의 같은 반 친구들은 일요일이면 자율학습을 하기 위해 책가방과 도시락을 들고 학교로 등교하지만 정호는 구멍가게를 지키며 물건을 판매하거나 배달하는 등 집안 일을 돌보아 드려야 했다.

이 당시에는 대부분의 집에서 연탄 보일러를 사용했는데 정호네 구멍가게에서는 연탄 판매를 겸하고 있었다.

따라서 일요일이면 정호는 연세가 많으신 큰아버님 대신 리어카에 연탄을 싣고 좁은 언덕길을 오르내리며 연탄배달을 도맡아 했다.

정호는 당당한 체구만큼이나 체력도 왕성했는데 이렇듯 힘든 일을 하면서 자연스럽게 다져진 건강이었다.

정호를 뒷바라지 해 줄 수 없는 큰아버지는 정호에게 헛된 꿈을 꾼다며 술 주정을 자주하곤 하셨는데 4월초 어느 날은 술에 취하셔서 정호의 교과서와 책가방을 모두 불태워버려 정호가 눈물로 밤을 지새우고 눈이 퉁퉁 부어 나를 찾아 상담하기도 했다.

하지만 정호는 큰아버지께서 오래 전부터 알코올 중독 환자라는 사실을 잘 알고 있어 큰아버지나 큰어머니를 크게 원망하지는 않았다.

정호의 학습 방법은 연습장에 글을 쓰며 외우곤 하는 것이었다.

나는 학교에서 이면지를 모아 정호에게 전해주었다. 정호는 이면지를 이용해 흰 여백이 보이지 않을 정도로 빽빽하게 글을 써 가며 공부를 했다.

당시는 이면지가 지금처럼 흔하지도 않았으며 흰색 종이는 거의 없었다. 주로 등사실에서 인쇄하다 잘못된 갱지가 주류를 이루었다.

처음엔 연필로 쓰고 다 채워지면 볼펜으로, 볼펜으로 다 채워지면 싸인펜으로 써 가는 등 한 장의 종이도 아껴가며 눈물겨운 공부를 하였다.

나는 정호에게 열심히 공부하여 성적을 올리면 장학생에 선발되어 장학금으로 대학 등록금을 해결하면 되고 아르바이트를 해서 번 돈으로 생활비를 마련하면 충분히 대학에 진학할 수 있다고 이야기해 주며 대학 진학에 대한 희망을 버리지 않도록 주기적으로 상담을 하였다.

하지만 정호는 큰아버지와 큰어머니의 반대에 부딪혀 진학여부를 쉽사리 정하지 못하고 목표 없는 공부를 해야했다.

다행히 정호 자신도 큰아버지의 반대가 거듭되면 될수록 대학 진학에 대한 욕구는 더 강하게 타오르고 있었다.

여름 방학이 시작되면서 정호의 큰어머니 태도에 조금씩 변화가 오기 시작했다. 나와 정호는 본격적으로 그 틈새를 파고들었다.

드디어 큰아버지와 큰어머니는 정호 자신이 벌어서 다닌다는 조건으로 승낙해 주셨다. 이 후 정호의 어두운 표정은 사라지고 의욕과 활기가 넘쳤다.

동료들보다 뒤늦게 수험 공부에 뛰어든 정호는 1986년 12월 학력고사에서 좋은 점수를 받지 못했다.

정호가 받은 성적으로는 그가 원하는 국립대학교 사범대학이나 교육대학으로의 진학은 전국 어느 학교에도 어렵게 되어버렸다.

그러나 정호는 입학금이 저렴한 국립대학인 충북대학교 경제학과를 지원하여 합격하였으나 장학생이 되는 데는 실패했고 입학금을 마련하지 못한 정호는 진학을 포기하였다.

나는 정호의 등록금 마련을 위해 백방으로 노력하였으나 정호는 경제학과는 자신이 가고 싶은 학과가 아니었다며 재수하여 반드시 국립대학 사범대학이나 교육대학교로 진학하겠다고 다짐하였다.

나는 몹시 안타까웠지만 정호의 의지를 꺾지는 못했다.

어느 날 정호에게 장래 희망을 묻자 정호는 선생님이 되어 학생들을 가르치며 큰아버지와 어머니는 물론 단양에 계신 친어머니를 모시고 사는 것이 자신의 가장 큰 바람이라고 하였다.

고등학교를 졸업하고 홀홀 단신 청주로 간 정호는 조그만 유통업 대리점에 취업을 하고 오토바이로 물건을 배달하며 돈을 벌어 적립하였다.

집에서 큰아버지·큰어머니 구멍가게 일을 돌보아 드렸던 것이 정호가 고등학교 졸업 후 사회생활에 쉽게 적응할 수 있는 밑바탕이 되었다.

정호는 낮에 힘든 배달 일을 하면서도 밤이 되면 대학진학이라는 목표를 가슴속 깊은 곳에 간직하고 공부를 계속하였다.

정호는 청주로 가면서 참고서 구입비를 절감하기 위해 이미 대학에 진학한 학급 친구들이 공부했던 헌 참고서와 문제집을 한 보따리 얻어 가지고 갔다.

정호는 시간을 아끼기 위해 일하면서도 공부할 수 있는 방법을 창안하였는데 그것은 영어 단어를 외우기 위해 오토바이앞 바람 차단 막 유리에 매일 단어와 숙어 20개씩을 붙여 놓고 물건을 싣고 배달하는 중에 중얼거리며 외워 나갔다.

청주에서 10개월 간 일하면서 틈틈이 공부한 정호는 10월과 11월에는 학원 종합반에 등록하여 총정리를 하며 마무리 학습을 하였다.

학원 공부를 할 때도 정호는 학원의 청소와 난로 관리 등 정리를 거들어 주어 봉사 장학생으로 학원비를 면제받는 지혜를 발휘하였다.

1987년 11월 대학입학 학력고사에서 정호는 기대한 만큼의 높은 점수는 아니었지만 자신이 꿈꿔온 선생님이 되기 위해 청주교육대학에 지원을 할 수 있는 점수를 받았다.

원서 작성을 위해 학교로 나를 찾은 정호는 자신감에 차있었고 훗날 학생들에게 존경받는 훌륭한 선생님이 되겠노라고 다짐하였다.

이 후 정호는 예상대로 청주교육대학에 합격하였으며 양부모님의 도움을 받지 않고도 자신이 일년동안 땀흘려 벌어서 모은 돈으로 떳떳하게 입학금을 납부하고 대학생이 되었다.

청주교육대학에 진학한 정호는 아르바이트를 하면서 학비를 조달했고 주말이면 어김없이 정선군 고한읍의 큰아버님 댁으로 달려와서 구멍가게의 일을 돌보아 드리곤 하는 효성을 발휘하였다.

여름 방학과 겨울 방학 기간에는 많은 돈을 벌기 위해 고한읍에 있는 광업소 잡부로 취업을 하여 막장 안에서 위험한 아르바이트를 하며 생활비를 벌어야 했다.

대학을 졸업하고 충청도의 초등학교로 발령을 받아 근무하면서 1995년 내게 전화를 한 정호는 평소 그가 계획했던 대로 강원도 정선군 고한읍의 구멍 가게를 처분하고 자신이 직접 큰아버지와 어머니를 모시며 살고 있노라고 연락을 해왔다.

친어머니는 형이 결혼하여 농사를 지으며 잘 모시고 있다는 안부도 전해왔다.

나는 역경을 이겨낸 신념도 자랑스러웠지만 끝까지 자신과의 약
속을 지켜가고 있는 정호에게 격려와 칭찬을 아끼지 않았다.

＠ 신문돌이 명원이의 조·석간 싹쓸이

　홍천고등학교에서 3학년 담임을 2년째 하던 1990년 나는 3학년 3반 담임을 맡았다.
　겉으로 보기에는 자연계 학생들 가운데 과학교과 중에서 화학과목을 선택한 학생으로 학급을 구성해 놓았다고는 하지만 실제 내용을 살펴보면 학력수준이 좀 떨어지는 학생들을 모아 놓은 학급이었다.
　하지만 우리 반 학생들은 괴팍한 담임을 만나 물리과목을 선택한 우수한 학급의 학생들 보다 더 많은 공부를 열심히 해야했다.
　우리 반에는 남궁명원이라는 학생이 있었는데 작은 체구에 여학생처럼 곱상하게 생긴 조용한 학생으로서 공부 못하는 반이었지만 늘 우리 반에서 3등 밖을 벗어난 적이 없는 우리 반 나름대로 우수한 성적의 학생이었다.
　학년초 나는 학생들의 신상 명세서를 작성하는 과정에서 명원이

는 아버지가 계시지 않는 결손 가정이며 청각장애이신 어머니께서
시골에서 홀로 농사를 짓고 계시다는 것과 명원이는 학교 부근에서
혼자 자취를 하며 공부하는 극빈 학생이라는 사실을 알게되었다.

나는 담임을 맡고 제일 먼저 명원이의 자취방을 찾았다. 집이 낡
고 방이 좁아 옷가지와 살림도구 옆에 겨우 한사람 누울 수 있는
스산한 곳 이였다.

명원이는 그래도 어머니가 계신 시골집에 비하면 대궐 같다며 만
족해하고 있었다.

명원이는 지체장애자인 형이 서울에서 돈을 벌어 조금씩 보내주
는 돈으로 자취방의 월세를 내고 자신이 신문을 돌려 받는 돈으로
생활비와 용돈을 쓴다고 하였다.

명원이에게는 다른 학생들은 모두 가지고 있는 참고서나 문제집
이 없었다. 오직 교과서와 선생님들이 나누어주시는 프린트물이 학
습자료의 전부였다.

동료들은 3학년이되면서 나름대로 목표를 정하고 의욕적으로 공
부를 시작하는데 반해 명원이는 3학년 초에 대학진학을 포기하겠
다고 수 없이 내게 상담해왔다.

어머니께서 홀로 일하시는 모습도 안타깝고 몸이 불편한 형의 신
세를 지는 것도 너무 부담스럽다며 고등학교를 졸업하면 형처럼
시계 고치고 도장 파는 기술을 배워 일찍 산업전선에 뛰어들어 돈
을 벌어야겠다고 했다.

나는 명원이가 진학을 포기하기에는 성적이 너무 아까웠고 자립
심이 강하고 성실한 그의 생활 태도에 매료되어 어떻게 해서든 녀
석이 진학을 포기하지 않게 하려고 안간힘을 썼다.

고한종합고등학교에서 어려운 가정환경을 극복하고 대학에 진학한 학생들의 사례를 들려주며 명원이도 충분히 해 낼 수 있다는 자신감을 심어주는데 진력을 기울였다.

명원이의 친구들도 명원이에게 대학진학에 대한 의욕을 높여주려고 애를 썼다.

어렵고 힘든 생활을 하면서도 명원이의 성적은 꾸준하게 상위권을 유지하고 있었다.

드디어 5월 어느 날 명원이는 자신이 돈을 벌면서 공부할 수 있는 야간대학에라도 진학하겠다며 목표를 설정하고 본격적으로 입시준비에 뛰어들었다.

나는 학교 선생님들께 말씀을 드려 선생님들께서 가지고 계시는 참고서와 문제집 중 과목별로 여분의 책을 구해 녀석에게 전해주었다.

책을 받아든 명원이는 세상의 어떤 선물보다도 소중하게 생각하며 고마워했다.

명원이는 토요일 오후에는 시골집에 들어가 어머니 농사일을 거들어 드리곤 했는데 어머니의 농사일도 남의 농토를 빌려서하는 소작농인 데다가 어머니께서 신체적인 장애가 있으신 탓에 1년 간 농사를 지어도 세를 주기가 바쁘다고 했다.

아침 일찍 일어나 신문을 돌려서인지 명원이는 야간자율학습시간에 남보다 유난히 졸음이 많았다.

명원이 자신도 졸음을 참아 보려고 일어서 있기도 하고 교실 뒤편에 나가서 책을 보는 등 여러 가지 방법으로 애를 쓰지만 내가 자리를 비우면 책상에 엎드려 잠을 잘 때가 종종 있었다.

처음에는 고3 이면서도 새벽에 신문을 돌려야하는 어려운 환경이 딱해 관대하게 생각했으나 결코 그것이 명원이를 위한 것이 아니라는 생각에 나는 책상 위에 엎드려 자고 있는 명원이를 다짜고짜 눈물이 찔끔 나오도록 심하게 나무란 적이 있었다.

며칠 뒤 나는 나의 신중하지 못한 처신에 후회를 해야 했다. 알고 보니 명원이는 한가지 신문만 돌리는 것이 아니라 조간과 석간 두 종류의 신문을 아침, 저녁으로 돌리고 있었다.

석간 신문을 돌리는 시간은 야간 자율학습 시간에 공부할 수 있게 맞추기 위해 저녁 식사시간을 이용하였다.

친구들은 부모님들이 학교로 도시락을 배달해오거나 집에 가서 어머니께서 차려주신 따뜻한 저녁 식사를 하는 시간에 명원이는 신문지국으로 달려가 신문 꾸러미를 자전거에 싣고 홍천 읍내를 한 바퀴 돌아 학교로 돌아오곤 했었다.

시간관계상 저녁식사는 빵과 우유로 간단히 때우고 야간 공부가 끝난 후 자취방으로 돌아가서 라면으로 허기진 배를 채우곤 했다.

언제부터인가 서울에 있는 형으로부터의 지원이 끊기게 되어 궁여지책으로 하루에 두 탕을 뛰게 되었다는 것이다.

나는 명원이의 딱한 사정을 선생님들께 말씀드리고 명원이가 돌리고 남는 여분의 신문을 학교로 가져오게 해서 선생님들이 구독하여 다소라도 도움을 주려고 했다.

그러나 어려운 환경에서 생활했지만 정직하기만 한 명원이가 신문지국에 말씀을 드려 공연히 학교 선생님들만 신문을 무더기로 구독하는 해프닝도 있었다.

명원이는 신문을 돌리며 영어의 단어와 숙어를 외워 교내에서 개최한 영어단어 암송 콘테스트에서 1위를 차지하는 등 영어성적이 항상 선두권을 유지하였다.

1990년 11월 실시된 대학입학 학력고사에서 명원이는 4년제 국립대학에 충분히 진학할 수 있는 비교적 좋은 성적이 나왔다.

명원이는 자신의 욕심은 좋은 대학에 진학해 공부하고 싶지만, 한시라도 빨리 돈을 벌어 시골에서 고생하시는 어머니를 모셔야 한다며 4년제 대학 진학을 포기하고 2년제이면서도 학비가 저렴한 국립 삼척공업전문대학으로 진학을 선택하였다.

그것도 주경야독을 할 수 있는 야간학과로 진학하였다.

명원이는 대학입학 시험을 치르기 위해 낯선 삼척시로 처음 갔을 때 입학해서 일할 직장부터 찾아 구해 놓는 치밀함을 보였다.

낮에는 인쇄소에 취업을 해 일하면서도 새벽에는 어김없이 신문 돌리는 일을 계속하며 야간학과에 다닌 명원이는 마침 삼척공업전문대학이 삼척산업대학으로 승격되면서 자연스럽게 4년제 대학생이 되었다.

명원이는 대학 4년 동안 자신이 취득할 수 있는 자격증은 모두 취득하기로 작정하고 주경야독을 계속한 결과 4개의 기사 자격증을 취득하고 대학을 졸업하면서 대기업에 취업해 안정된 직장 생활을 하고 있다.

@ 미래 농촌의 기수 상호

1993년 12월 홍천고등학교에서는 제20대 총학생회 회장을 선출하는 선거를 학교운동장에서 실시하였다.

이 선거에 검은 얼굴에 키가 작아 안경을 쓴 폼이 꼭 인도의 마하트마 간디를 연상케 하는 한 녀석이 학생회장 후보로 출마하였다.

녀석은 특유의 호소력 있는 연설과 철저한 사전 선거운동을 통하여 모두가 당선될 것으로 생각했던 다른 후보를 근소한 차이로 역전시키고 학생회장에 당선되었다.

회장에 당선돼 추상호는 2학년 학생들 중 전혀 두각을 드러내지 않았던 학생으로 회장출마를 전혀 예상하지 못했던 뜻밖의 인물이었다.

하지만 녀석은 모두의 예상을 뛰어넘어 당당히 당선되었으며 선생님들과 학생들에게 신선한 충격을 주었다.

학교 선생님들은 뒤늦게 학생회장 당선자에게 관심이 집중되었다.

　상호는 한번 하고자 마음먹으면 끝까지 도전해서 성취해내는 강한 집념과 의지를 갖고 있었다.

　추상호, 그는 홍천군 서석면에 위치한 서석중학교를 졸업하고 그곳에 고등학교가 있음에도 불구하고 큰 뜻을 품고 홍천읍내 고등학교로 진학한 나름대로의 유학생이었다.

　서석면 어론리에서 부모님께서 소작농으로 어렵게 농사를 지으셨으며 형제가 많아 생활이 매우 궁핍한 가정환경이었다.

　학교에는 시골학생들을 위한 기숙사가 있었으나 상호는 어려운 가정형편으로 비교적 저렴한 기숙사비 조차도 낼 처지가 못되었다.

　따라서 상호는 기숙사에 입사할 꿈도 못 꾸고 학교 주변에 자취방을 얻어 놓고 생활을 해야 했다.

　상호에게는 세 살 터울의 형이 있었는데 형은 서석고등학교를 졸업하고 4H활동에 참가하며 부모님을 도와 농사일을 하고 있었다.

　상호는 형과 농촌문제에 대하여 많은 대화를 나누면서 성장하였다.

　상호가 어려운 가정형편 속에서도 홍천읍내의 고등학교로 진학할 수 있었던 배경에는 공부를 잘하기도 했지만 형의 지원이 큰 힘이 되었다.

　상호는 형과 부모님이 농사일로 일년 내내 고생을 하시고도 남의 농토를 빌린 세를 주고 나면 별로 소득이 없는 농촌 현실을 이해하기가 매우 어려웠다.

　더욱이 일년 농사가 끝나고 나면 어찌된 일인지 빚을 갚기는커녕 오히려 더 큰 빚더미에 앉아야하는 우리 농촌의 처지가 상호에게는 도저히 납득이 가지 않았다.

　상호는 대학에 진학해서 이러한 농촌문제를 심도있게 연구하고 해결해 가고자 목표를 정했다.

상호는 학생회장이 되었지만 드러나지 않게 활동을 하면서 학과 공부에 최선을 다했다.

그러나 상호의 리더쉽은 학교 축제인 석화제를 통해서 유감없이 발휘되었다.

학생들은 이 기간이면 학교공부를 제쳐두고 석화제 준비에 매달려 학교분위기가 들뜨게 마련이었다.

상호는 과감하게 프로그램을 축소해가며 1,2학년 중심의 석화제로 새롭게 꾸미는 등 새로운 위상과 전통을 확립하는데 앞장섰다.

농촌학생들 대부분이 그렇듯 상호도 토요일이면 어김없이 시골집으로 귀가하여 형과 부모님의 바쁜 농사 일손을 덜어드려야 했다.

상호가 3학년이 되면서 나는 3학년 2반 담임을 맡았고 상호는 옆 반인 3학년 3반이었다.

상호는 학교성적이 꾸준하게 향상되었고 모의고사 시험 성적도 학교에서 늘 상위권을 유지하였다.

담임선생님과 나는 상호에게 큰 기대를 걸고 있었다.

상호의 담임선생님은 내게 상호의 진학과 관련된 상담을 할 때마다 녀석은 강원대학교 농과대학 농학과를 진학하겠다고 고집을 부린다며 걱정을 하곤 하였다.

성적으로 보면 서울권의 대학도 충분히 진학이 가능함은 물론 국립대학인 강원대학교에서도 인기학과에 합격할 수 있는 충분한 성적을 갖고 있었다.

따라서 우리의 농촌 현실로 볼 때 앞으로의 전망이 불투명한 농학과로 진학하겠다는 상호의 고집은 무모하기만 한 것 같았다.

　나는 학생회 활동 관계로 학생회 임원들과 협의하던 중 상호에게 대학진학에 대하여 이야기 할 기회가 있었다.

　나는 상호에게 대학진학에서의 학과선택은 자신의 적성과 능력 그리고 무엇보다도 앞으로의 전망 등을 고려하여 먼 훗날 후회하지 않도록 신중하게 요모조모 따져보고 선택하여야 한다는 것을 강조하였다.

　그러나 상호는 초지일관 농학과를 목표로 하고 있었다.

　부모님과 형도 상호에게 대학은 학비가 저렴한 국립대학으로 진학하되 학과선택은 장래가 보장되는 인기학과로 선택할 것을 요구했으나 상호의 한번 결정은 요지부동이었다.

　드디어 1994년 11월 상호는 대학입학을 위한 학력고사 시험을 치렀고 자신의 분명한 목표아래 쉬지 않고 공부한 상호는 뿌린 대로 고득점의 결실을 거두었다.

　다시 한번 상호에게 담임선생님을 비롯한 진학지도 선생님들의 학과 선택과 관련한 지도 조언이 집요하게 이루어졌으나 상호는 농학과에서 조금도 움직이지 않았다.

　결국 상호는 자신의 신념대로 강원대학교 농과대학 농학과에 지원하였다.

　상호는 농학과에 합격되었음은 물론 단과대학에 수석으로 합격하는 영광도 함께 누리며 장학생이 되었다.

　상호는 대학에 진학해서도 새로운 영농법을 도입하기 위해 열심히 공부하였다.

　상호는 대학에 진학한 자신을 위해서가 아니라 동생들도 대학에는 진학시켜야한다는 생각으로 방학 때마다 막노동 공사판에서 아르바이트를 하였다.

홍천에서 학생들의 과외를 할 수 있는 기회도 있었지만 녀석은 많은 돈을 벌어야하는 자신의 입장과 처지를 생각해서 남들이 모두 기피하는 힘들고 어려운 일을 자청해가며 아르바이트를 하였다.

상호는 어렵고 힘들게 벌어서 모은 돈을 시골의 형에게 보내 동생들의 학비로 조달하도록 하였다.

내가 학교를 강원사대부고로 옮기고 3년째 되던 해인 1999년 12월 상호는 나를 찾았다.

녀석은 어느덧 대학 2학년 과정을 마치고 휴학하여 군복무를 하였으며 제대 후 복학을 준비하고 있었다.

복학을 준비하면서도 상호는 추운 겨울 날 공사장의 잡부로 아르바이트를 하며 여전히 돈을 벌고 있었다.

자신은 장학생이라 등록금을 내지 않아도 되지만 동생이 고3 이므로 이번 겨울에 대학 입학시험을 보게되어 있어 동생의 입학금을 마련하는 중이라고 하였다.

상호가 나를 찾은 이유는 자신의 동생이 홍천 서석고등학교 3학년 학생인데 운동을 몹시 좋아하고 육상선수생활을 했던 아이로 체육학과에 진학하길 희망한다는 것이었다.

홍천 서석에는 체육관도 없고 운동을 할 수 있는 시설과 여건이 갖추어지지 않았으니 강원사대부고 체대입시생들 틈에서 같이 실기 연습을 할 수 있게 지도해 달라는 것이었다.

나는 상호의 동생을 위하는 갸륵한 마음에 감동하여 흔쾌히 허락해 주었다.

동생녀석은 형의 지원에 힘입어 열심히 땀을 흘리며 훈련에 임했고 입학시험 결과 강원대학교 체육학부에 합격하여 형의 기대에 부응하였다.

상호는 즐거운 마음으로 동생의 입학금을 납부해 주면서 진한 형제애를 발휘하였다.

입시철이 끝나고 나는 자전거에 과일을 싣고 배달을 가는 상호의 동생녀석을 우연히 길거리에서 만났다.

그 형에 그 동생이랄까 동생녀석도 과일 가게에서 배달을 하며 아르바이트를 하고 있었다.

상호는 대학을 졸업하면 박사학위과정까지 공부를 하겠으며 획기적인 농업발전을 위한 연구를 계속하여 농촌 현장에 접목시켜보겠다는 야무진 꿈을 갖고 있었다.

작은 고추가 맵다는 말을 수없이 들어왔지만 키가 작은 상호가 자신의 꿈을 실현하기 위한 노력과 병행해서 동생들을 챙겨 가는 상호의 큰 모습을 보며 나는 진한 감동과 아름다움을 느껴본다.

@ 말더듬이 영성이의 도전

홍천고등학교에 근무하던 시절 나는 모교 출신이라는 점과 체육
교사라는 특성으로 3학년 담임을 맡을 때마다 매년 문제학생들이
많은 학급의 담임을 독차지하다시피 하였다.

걷으로 표현하지는 않았지만 말썽꾸러기들의 담임을 맡아 녀석들
과 씨름을 해야 한다는 것이 얼마나 힘들고 고통스러운 일인지 모
른다.

그러던 내게 1995년 뜻밖으로 공부 잘하는 학생들을 모아 놓은
학급의 담임을 할 수 있는 기회가 주어졌다.

당시 대학에서는 신입생을 선발하는 과정에 있어서 학력고사 성
적만으로 학생을 선발하는 대학과 학력고사 성적에 본고사 시험을
치르고 그 성적을 합하여 신입생을 선발하는 대학으로 구분되어
있었다.

따라서 학교에서는 효율적인 진로지도를 위하여 본고사를 보는

대학으로 진학하고자 하는 학생들을 별도로 모아 학급 편성을 하였는데 자연스럽게 성적이 상위권인 학생들로 구성될 수 밖에 없었다.

윗분들이 내게 본고사반 담임을 맡았으면 좋겠다는 말씀이 있었을 때 나는 거절하지 않고 나의 진면목을 보여줄 수 있는 절호의 기회로 생각하며 덥석 담임을 맡았다.

그리고 어느 해보다도 나는 왕성한 책임감과 사명감으로 학급을 경영하였다.

우리 반에는 얼굴 피부가 유난히 검은 김영성이라는 학생이 있었다.

영성이는 얼굴색이 검을 뿐만 아니라 급한 성격에 말을 심하게 더듬는 언어 장애를 가지고 있었다.

장애의 정도가 심각한 수준은 아니었지만 처음 만나 대화를 나누는 사람은 답답함을 느낄 수 있을 정도였다.

초등학교와 중학교 시절에는 친구들의 놀림이 심해 학교 가기를 기피하기도 했던 영성이었지만 고등학교에 입학하면서 자신의 콤플렉스를 극복하기 위한 방법으로 영성이는 스스로 밴드부에 가입하였다.

당시 홍천고등학교 밴드부는 지원자가 많지 않아 매년 학년 초가 되면 2, 3학년 선배들이 1학년 교실에 들어가서 반강제적으로 선발하였으며 여기서 뽑힌 학생들은 어떤 구실을 만들어서라도 밴드부에서 빠져나오려고 애쓰는 풍토가 있었다.

이런 가운데 상위권의 성적을 유지하고 있는 영성이가 스스로 밴드부에 입단한 모습은 신선하기도 했지만 그 만큼 자신의 분명한 목표가 있었기에 가능했다.

밴드부에서도 영성이는 한가지 악기만을 배우지 않고 여러 악기를 다루었으며 특히 트럼본 연주에는 뛰어난 특기를 가지고 있었다.

영성이 부모님은 영성이가 밴드부에 입단하자 공부를 못하게 될 것을 우려하여 당장 탈퇴하라는 압력이 강력했다.

그러나 영성이는 자신의 생각을 굽히지 않고 끝까지 밴드부 활동에 참여했으며 학교 공부를 더욱 열심히 하여 성적을 상위권으로 꾸준히 유지하고 있었다.

밴드부에 가입하면 성적이 떨어질 것이라는 선생님들과 부모님들의 고정관념을 과감하게 타파해 나갔다.

영성이는 자신을 잘 모르는 선생님으로부터 제때에 제대로 답하지 못한다고 호되게 꾸지람을 들은 경우도 있었고 친구들과의 대화에서도 자신의 의사가 충분히 잘 전달되지 않아 몹시 답답하게 생활하고 있었다.

영성이에게는 답답할 때는 정처 없이 마냥 걸으면서 스트레스를 해소하는 습관이 있었다.

고3이 되어서 영성이는 학교 생활의 언어 사용에 따른 불편함과 성적 향상에 대한 중압감으로 많은 스트레스를 받아야 했다.

그러나 영성이는 스트레스를 해소할 수 있는 시간이 없었고 별다른 뾰족한 방법도 없었다.

영성이는 쉬는 시간 10분도 숨돌릴 틈 없이 강행군으로 밀어붙이는 담임인 내게 이런 자신의 고통을 호소해 왔고, 나는 영성이에게 기꺼이 시간을 마련해 주며 스트레스를 해소할 수 있는 기회를 제공해 주었다.

영성이는 동료들이 자율학습을 하는 일요일 아침 걸어서 춘천까지 갔다. 물론 돌아오는 길은 버스편을 이용했지만 영성이는 그동안의 스트레스에서 벗어날 수 있었고 이후 더욱 집중력을 키우는 계기가 되었다.

말을 정상적으로 하기 위해 천천히 차분하게 생각하면서 말하려는 영성이의 노력이 계속되면서 본인의 뼈를 깎는 고통이 수반되었지만 담임인 나도 영성이가 안정된 가운데 차분하게 말을 하는 습관을 가지게 하려고 나름대로 부단히 애를 썼다.

영성이 부모님께서는 영성이가 말을 정상적으로 하게 하기 위해서 병원, 교정소 등을 다니며 치료받고 상담도 했으나 어떤 물리적인 치료나 방법보다는 자신의 의지력을 통해서 만이 가장 완벽하게 고쳐질 수 있다는 결론을 얻을 수 있었다.

세상 자체가 빨리빨리 시대인데다 촌음을 다투는 고3 이라고 하는 특성 때문에 차분하게 여유를 갖고 천천히 말을 해야한다는 것은 영성이에게는 견디기 힘든 고통이었다.

나는 영성이와 대화를 할 때면 나 스스로도 말을 천천히 했고 영성이가 말을 빨리하거나 빨리하려는 기미가 있으면 즉시 말을 중단시키곤 했었다.

그리고 다시 천천히 말을 하게 시키곤 했었다.

나는 우리 반 모든 학생들에게도 영성이와 대화할 때는 철칙으로 지키도록 하였고 친구들도 영성이를 위해서 다같이 협조해 주었다.

영성이는 자신의 노력과 주위의 관심으로 안정된 가운데 주변 환경이나 분위기가 조용하면 말을 차분히 또박또박 분명하게 잘해 가능성을 확인해 주었다.

영성이는 누구보다 공부를 열심히 했다. 말을 더듬는 영성이로서는 대학 선택의 폭이 매우 좁을 수밖에 없었다.

특히 면접 결과가 당락을 좌우하는 대학이나 학과에는 지원하기가 어렵다는 것을 누구보다도 잘 알고 있었다.

따라서 영성이는 학과 성적을 향상시키는 것이 유일한 대안이었다.

영성이는 말을 더듬거리는 습관 때문에 수업 중이거나 쉬는 시간에도 선생님들께 질문을 하기가 곤란하였다. 그래서 영성이는 항상 교실의 맨 앞자리에 앉아 선생님들의 말씀을 빼놓지 않고 들으려고 노력하였다.

영성이네는 아버님께서 환경미화원으로 일을 하고 계셨고 중·고등학교에 다니는 동생도 두 명이나 있어 가정 환경이 어려울 수밖에 없었다. 하지만 녀석은 원만한 성격에 구김살 없이 밝고 명랑하게 성장하였다.

이 해에 우리 반의 많은 학생들이 서울 소재 대학으로 진학하겠다고 목표를 정하고 있었다.

성적이 상위권이었던 영성이도 남들처럼 서울에 있는 대학으로 진학하고 싶었지만 어려운 가정 형편을 고려하여 일찌감치 국립대학인 강원대학교로 진학하여야 한다는 자신의 목표를 정해 놓고 있었다.

영성이는 안정된 가운데 말을 더듬거리는 습관도 차츰 줄어들기 시작했고 학교 성적도 꾸준하게 향상되었다.

영성이는 1995학년도 학력고사에서 200점 만점에 140점을 넘게 획득하였다.

영성이는 점수가 생각보다 높게 나오자 한 때 서울권의 대학으로 진학하고 싶은 충동에 흔들리기도 했으나 곧 자신이 목표로 정한 국립대학인 강원대학교 환경공학부에 지원하였다.

면접을 실시해야하는 강원대학교에 응시한 영성이는 교수님들이 묻는 질문에 차분히 또박또박 대답을 하며 장학생으로 합격되었다.

말을 교정하고 성적을 향상시켜야하는 두 가지 과제를 동시에 해결한 영성이는 매사에 자신감이 넘쳤다.

예전의 영성이를 몰랐던 사람들은 그가 말을 더듬거렸던 아이라는 사실을 전혀 알 수 없을 정도로 완벽에 가까운 대화를 나눌 수 있게 되었다.

@ 키다리 정원이의 지하철 순정

강원사대부고에서 농구팀을 맡은 지 3년 차가 되던 1999년 5월 어느 날 강원도 영월군 북면 마차리에 키가 193㎝가 넘는 중학교 3학년 학생이 있다는 정보가 키 큰 선수를 애타게 찾고 있던 나의 안테나에 잡혔다.

나는 정보가 입수되는 대로 영월군 북면에 위치한 마차중학교로 달려갔다.

마차중학교의 체육선생님을 찾아 인사를 드렸더니 한정원이라는 녀석을 불러주었는데 듣던 대로 마른 체형에 키가 장대 같았다.

정원이는 초등학교 5학년부터 연식정구 선수 생활을 해왔었는데 중학교에 입학하면서 키가 갑자기 커져서 운동 종목을 바꾸어 농구를 하고 싶다고 했다.

정원이는 학교에서 운동선수로 활동 중에 있으면서도 학업 성적이 좋았으며 경찰서장의 표창장을 받는 등 품행이 단정한 모범학생이었다.

마차중학교의 체육선생님께서 내게 정원이를 춘천으로 데려가 농구를 시키는 것은 좋으나 참고할 것이 있다며 그의 가족 환경에 대하여 귀뜸해 주었다.

정원이는 아버지와 단둘이 살고 있는데 아버지는 젊은 시절 다리를 다쳐 직업 없이 생활보호대상자로 생계를 꾸려가고 있는 어려운 가정이라는 것이었다.

특히 정원이의 아버님께서는 술을 즐겨 마시는 분으로 정원이가 빨래, 밥 등 집안 살림을 꾸려 나가면서 아버님을 봉양하며 학교에 다니고 있는 딱한 처지의 학생이라고 알려주었다.

마차중학교에서 체육선생님과 정원이를 만난 다음 나는 정원이 아버님을 집으로 찾아가 만나보았다.

정원이 아버님도 마른 체형에 키가 190cm는 족히 되어 보이는 장신이었다.

정원이 아버님은 농구 선수와 관련된 학교 생활, 훈련, 앞으로의 전망 등 여러 가지를 상세하게 묻고 내게 정원이를 훌륭한 선수로 육성해 낼 수 있는 자신이 있으면 데려다 농구선수로 키워 달라고 말씀하셨다.

정원이에게는 내게 처음 정보를 보내왔던 사촌 누나가 있다.

서울에서 생활하는 사촌 누나는 일찍 아버님을 여의고 어린 시절을 정원이네 집에서 정원이 아버지의 도움을 받으며 성장하였다.

정원이가 어려서 어머니 없이 성장하는 과정에서 정원이 누나는 정원이에게 엄마와 같은 존재였다.

정원이 아버지께서 경제적인 능력이 없으신 관계로 이 사촌 누나가 정원이의 뒷바라지를 해주기로 하였다.

내가 통장을 갖고 있으면서 누나로부터 필요한 용돈이나 생활비를 지원 받아 정원이 에게 지급해주기로 하고 나는 1999년 6월 우리 학교 기숙사에 정원이를 입사시켰다.

중학교는 농구팀을 육성하는 중학교가 아닌 강원사대부고와 가까운 춘천의 후평중학교로 전학을 시켜 놓고 본격적인 농구선수 만들기 작전에 들어갔다.

다행히 후평중학교는 교장선생님, 교감선생님, 교무부장님, 체육부장님이 모두 체육선생님 출신들이라 적극적인 협조를 아끼지 않았다.

정원이는 후평중학교에서 오전 공부가 끝나면 강원사대부고로와서 아무도 없는 텅 빈 학교 체육관에서 혼자 농구에 필요한 기초연습을 하며 체력과 농구에 필요한 운동 기능을 하나 하나 익혀 나갔다.

정원이는 순수에 때묻지 않은 시골 아이 그 자체였다.

언제가는 일요일날 기숙사에서 함께 생활하는 형들과 함께 춘천 시내의 구경을 나갔다가 지하상가에 들렸다고 한다.

신기한 눈으로 좌우를 살피던 정원이는 '형, 여기가 지하철이야' 하고 물었다고 한다.

이후 정원이는 농구부 선배들로부터 '지하철'로 통했다.

정원이 아버지는 함께 살던 아들을 춘천으로 보내 놓고 혼자 영월 마차에 남아 생활을 하셨다. 술을 드시는 날이면 어김없이 내게 전화를 걸어서 정원이를 잘 부탁한다며 용돈 좀 많이 씩 주라는 말을 잊지 않으셨다.

한번은 아들의 생활하는 모습이 궁금했는지 친구분과 함께 영월에서 4시간 거리에 있는 춘천의 우리 학교로 와서 아들이 운동하는 모습을 직접 보고 가기도 했다.

정원이는 춘천으로 오고 나서 영양식의 기숙사 밥을 먹은 덕인지 두 달 사이에 키가 3cm가 훌쩍 커 196cm가 되었다.

정원이는 종목은 다르지만 초등학교 시절부터 연식 정구선수로 단련된 덕에 농구부 생활에도 쉽게 적응해 나갔다.

나는 사대부고 동문회에 부탁하여 정원이를 도와 줄 수 있는 독지가를 찾았다. 다행스럽게도 13회 졸업생들의 모임에서 매월 일정액을 지원해 주기로 하여 정원이의 운동에는 탄력이 붙었다.

그러던 어느 날 나는 정원이 아버지로부터 아들을 잘 부탁한다는 전화를 받았고 이튿날 정원이가 지갑을 잃어버리는 사건이 있었다.

정원이는 지갑에 돈은 몇 푼 되지 않았지만 중학교 입학식 때 아버지께서 주신 선물로 자신이 가장 소중하게 여기던 것이라며 몹시 안타까워했다.

며칠 후 아침 학교에 등교하자마자 정원이 누나로부터 정원이 아버님이 운명하셨다는 비보를 전해들었다.

나는 정원이가 다니고 있는 후평중학교로 달려가 담임선생님께 정원이 아버님이 돌아가셨다는 말씀을 전해드리고 정원이를 내 차에 싣고 영월 의료원으로 달려갔다.

영월군 의료원에 마련된 영안실에 도착하니 마을 사람들과 사촌 누나들이 와 있었다.

얼마전 정원이 아버지와 함께 학교에 오셨던 정원이 아버님 친구분의 말씀에 의하면 정원이 아버님의 돌아가신 날은 정확히 알지 못한다고 하였다.

정원이 아버지가 며칠 동안 기척이 없어 집에 가보니 사망해 있더라고 알려주었다.

여러 가지 정황으로 미루어 정원이가 지갑을 분실한 날 아버님께서 운명했을 것이라고 나는 추측해 보았다.

이후 정원이는 소년가장이 됐고 나는 본의 아니게 학교에서 실질적인 정원이의 보호자가 되어버렸으며 나의 욕심으로 괜스레 두 사람 사이를 떼어놓아 정원이 아버지가 졸지에 돌아가신 것 같아 죄책감을 갖는 동시에 정원이를 훌륭한 선수로 키워 내야 한다는 사명감도 갖게 되었다.

정원이는 한동안 집중력을 잃고 방황했지만 곧 평상심을 되찾고 아버지 곁을 떠나올 때의 각오와 다짐을 생각하며 눈물을 땀으로 승화시켜 나갔다.

오갈 곳 없게 되어버린 정원이는 농구부형들이 모두 쉬는 휴일날에도 혼자 체육관을 지키며 연습을 하였다.

정원이가 안정을 찾아갈 때쯤 뜻밖의 사건이 발생하였다. 정원이의 친어머니가 등장하게된 것이었다.

춘천중학교 농구 감독선생님으로부터 포항에서 산다는 정원이의 어머니께서 전화로 아들의 안부를 물으며 곧 아들을 만나러 춘천으로 오겠다고 해서 정원이는 춘천중학교 학생이 아니고 강원사대부고에서 운동을 한다고 알려주고 나의 핸드폰 번호를 알려주었으니 곧 전화가 갈 것이라고 전해 주었다.

정원이 어머니께서 돌아가신 것으로만 알고 있던 나는 너무나 황당하여 즉시 정원이의 누나에게 전화를 걸어 영문을 물었다.

누나는 정원이 엄마는 정원이가 두 살 때 집을 나간 뒤 행방이 불명 된 사실이 있다고 하며 아들을 버리고 나갈 때는 언제고 이제 와서 아들을 찾는다며 펄쩍 뛰었다.

그러면서 정원이가 사춘기이니 방황하게될 것을 걱정하여 생모가 정원이를 만나지 않도록 해 주었으면 좋겠다고 자신의 생각을 간곡하게 당부하였다.

나는 참으로 난감했다. 천륜과 현실 속에서 이러지도 저러지도 못하는 상황에 처하게된 것이었다.

나는 주위의 여러 선생님들께 이런 경우 어떻게 하는 것이 옳은지에 대하여 자문을 구하기도 했다.

뾰족한 방법은 없었고 모두들 정원이 본인의 의사가 중요하지 않겠느냐며 조언해주었다.

드디어 나는 11월 어느 날 정원이의 생모라는 분으로부터 아들을 만나기 위해 춘천에 도착했다며 학교로 오겠다는 전화를 받았다.

나는 먼저 정원이를 불러 어머니가 살아 계시다는데 알고 있느냐며 물었다.

정원이는 며칠전 누나로부터 전화를 통해 이야기를 들었다고 했다.

나는 어머니가 보고싶지 않느냐고 물었더니 정원이는 멈칫 멈칫하더니 얼굴도 모르고 지금은 별로 보고 싶은 생각이 없다고 말해주었다.

정원이의 의견을 타진한 나는 정원이를 체육관에 보내 놓고 생모와의 일전을 준비했다.

잠시 뒤 중년의 아주머니 한 분이 눈물을 흘리며 사무실의 문을 열고 들어오셨다.

정원이 어머니는 정원이가 두 살 되던 해 집을 나갈 수밖에 없었던 배경과 그동안 재혼하지 않고 혼자 살아온 인생역정을 들려주며 정원이를 만나게 해 달라고 눈물로 호소하였다.

나는 차분히 정원이의 생모를 달래며 정원이는 훌륭히 구김살 없이 반듯하게 성장해 주었으며 선천적으로 타고난 큰 키와 뛰어난 운동 기능으로 장래가 기대되는 농구선수로 잘 생활하고 있다고 소식을 전해주었다.

그러나 정원이가 지금은 감수성이 예민한 사춘기이니 만나지 않는 것이 좋겠다고 어머니를 설득하였다.

정원이 생모는 포항에서 이곳까지 불원천리 달려왔는데 무슨 말이냐며 펄쩍 뛰었다.

나는 정원이가 대학에 진학하고 성인이 되면 어머니를 찾을 것이고 또 내가 만나게 해드리겠다고 약속을 했지만 정원이 어머니는 물러서지 않았다.

나는 최후의 카드를 뽑았다. 그것은 정원이가 지금은 어머니를 만나려하지 않는다는 것과 정원이와 어머니가 만나는 순간 정원이의 뒷바라지를 책임지고 있는 사촌누나로부터의 모든 지원이 끊기게 되고 운동을 할 수가 없게 되는데 그래도 괜찮으시겠느냐고 질문을 하였다.

정원이를 뒷바라지 해줄 수 있는 경제적인 형편이 못되는 정원이의 생모는 이 부분에서 한풀 꺾였다.

한 발 물러선 어머니는 그렇다면 먼발치에서라도 아들의 모습을 한 번 보고 갈 수는 없겠느냐며 애절하게 부탁하였다.

나는 차마 그것마저 막을 수는 없다고 판단하고 정원이 어머니를 운동장 주변의 잣나무 밑 벤치에 정원이가 눈치채지 못하도록 여학생들과 함께 앉아 있게 하고 체육관에서 영문도 모르고 운동하는 정원이를 운동장으로 불러냈다.

나는 정원이에게 특별히 할 이야기도 없으면서 정원이 어머니가 앉아 있는 벤치에서 30여m 떨어진 곳에서 이런 저런 이야기를 하며 7,8분간 대화를 나누었다.

나는 흘깃 흘깃 어머니 쪽을 보았다. 정원이 어머니는 연실 흐르는 눈물을 훔쳐내고 있었다.

나는 운동 열심히 하라는 말을 끝으로 정원이를 체육관으로 되돌려 보내고 다시 정원이 어머니를 만났다.

정원이 어머니는 아들의 모습을 보고 눈물을 흘리면서도 대견스러워했다.

나는 끝까지 이성을 잃지 않고 약속을 지켜준 정원이 어머니에게 감사의 말씀을 드렸으며 열심히 지도하여 훌륭한 농구선수는 물론이고 곧고 강한 청년으로 키워내겠다는 약속을 끝으로 어머니를 돌려보내 드렸다.

나는 흐르는 눈물 속에 떨어지지 않는 발걸음을 억지로 돌려 걷는 정원이 어머니의 뒷모습을 가슴 아픈 마음으로 배웅하였다.

한편의 드라마 촬영을 끝낸 것 같았다.

대부분의 단체 운동경기가 그렇듯 농구도 예외는 아니어서 부모님들의 뒷바라지가 없으면 운동을 하기가 참으로 힘들게 마련이다.

열성적인 부모님들은 공식 시합도 아닌 연습경기나 전지훈련 때도 만사 집안 일을 제쳐놓고 쫓아가 아들의 경기 모습을 지켜보곤

한다.

운동이 끝나고 저녁 늦게 집으로 귀가하면 간식은 물론 영양식의 특식을 정성껏 준비해 주는 실정이다.

정원이 에게는 꿈도 꿀 수 없는 일들이다. 하지만 정원이는 동료들을 부러워하지 않고 오직 자신의 목표를 향해서 앞만 보고 전진하고 있다.

정원이는 2000년 3월 1학년에 입학하자마자 우리팀의 주전 센터로 자리를 잡았다.

농구를 시작한지 얼마 되지 않은 정원이는 경기에 투입되기 위해서 코치선생님으로부터 인정사정 없는 혹독한 특별훈련을 감당해 내야했다.

농구 코치선생님은 중앙대학교를 졸업하고 원주나래블루버드 소속의 프로농구선수출신으로 포지션이 정원이와 같은 센터였으므로 정원이를 최단시간 내에 실전에 즉시 투입할 수 있는 선수로 조련해 냈다.

이 과정에서 정원이에게는 뼈를 깎는 고통과 눈물이 요구되었고 정원이는 고향을 떠나 올 때의 각오와 아버지와의 약속을 떠올리며 용케도 잘 참고 견디어주었다.

마침내 정원이는 1학년 선수임에도 불구하고 선배선수들과 호흡을 맞추고 조화를 이루며 우리 팀이 전국대회 4강에 두 번씩 입상할 수 있도록 견인하는 맹활약을 하였다.

2001년 2학년 여름 방학을 맞이하면서 동료 농구선수들이 휴가 없이 계속되는 강행군을 견디지 못하고 집단으로 팀을 이탈하여 휴식을 취하자고 제안한 적이 있었다.

그러나 정원이는 당당하게 나는 남아서 운동을 계속하겠다며 함께 행동하기를 거절하였을 뿐만 아니라 결국엔 동료들을 설득하여 팀 이탈을 막고 하계 강화훈련에 참가할 수 있었다.

모두들 야간운동으로 피곤해서 늦잠을 잘 때도 정원이는 어김없이 새벽을 깨우며 체육관에서 자신의 기량을 향상시켜 왔다.

벌써부터 서울의 명문 대학 농구 감독선생님들이 그의 발전 가능성과 잠재력을 믿고 스카우트하기 위해 발빠른 행보를 하고 있다.

정원이는 자신의 큰 키보다도 더 큰 꿈과 포부를 갖고 있는데 그것은 영월을 떠나오면서 아버지와 한 약속을 지켜내는 것이다.

국가대표 농구선수로 태극마크를 달고 텔레비젼에 중계되는 자신의 모습을 영월의 마차리 주민들에게 보여드리는 것이 정원이가 아버지와 한 약속이다.

@ 임파선 암을 이겨낸 재현이

　재현이와 나의 공식적인 첫 만남은 2000년 3월 2일 강원사대부고 입학식 날이었다.

　하지만 재현이 아버지는 나와 고등학교를 같이 졸업한 홍천고등학교 1회 동창생이다.

　재현이 아버지는 입학식이 있기 전 내게 연락을 해 '임파선 암'으로 투병 중인 자신의 아들이 강원사대부고로 입학을 하니 잘 부탁한다는 당부가 있었다.

　입학식이 끝나고 사무실에서 이것저것을 챙기고 있는데 교복을 단정하게 입은 한 녀석이 사무실로 나를 찾더니 '제가 선생님의 친구분인 이자 규자 운자되시는 분의 아들 이재현입니다'하고 인사를 하는데 워낙에 반듯하고 또렷또렷해 매우 인상적이었다.

　재현이에 대해서는 그의 아버지를 통해서 투병 생활을 오랜 동안 해왔다고 들어 어느 정도 알고 있었으나 이렇게 올곧게 성장했으리라고는 전혀 생각하지 못했다.

재현이는 초등학교 6학년 겨울 방학 때 목이 갑자기 붓고 통증이 심해 병원에 갔다가 '임파선 암'으로 확인되었고 이때부터 재현이는 서울대학병원에서 항암치료를 받으며 암과의 끝없는 투쟁이 시작되었다.

임파선 암으로 확인되고 나서 처음 한 달은 입원해서 치료를 받았고 치료 상태가 호전된 이후부터는 일주일에 한번씩 서울을 오르내리며 중학교 2학년 말까지 항암제를 투여 받아야 했다.

재현이는 항암 치료를 받는 동안 머리카락이 모두 빠져버려 보기 흉하게 되면서 항상 모자를 써야 했다. 뿐만 아니라 면역성이 약해져 얼굴과 입에는 늘 마스크를 쓰고 생활해야하는 불편함도 뒤따랐다.

추운 겨울에는 그런 대로 견딜 수 있었지만 무더운 여름 철에는 참기 힘든 고통이 배가되었다.

하지만 재현이는 비록 모자를 쓰고 마스크를 하고 다녔지만 당당했다.

추운 겨울날도 아닌데 모자와 마스크를 쓰고 다니는 재현이를 이상한 눈으로 보는 사람들이 왜 그렇게 하고 다니느냐고 물으면 당당하게 항암제 투여로 머리카락이 빠져서 그렇다고 대답을 하곤 하였다.

재현이는 절실한 기독교 신자였다. 모태 신앙으로 어려서부터 교회에 다녔던 그는 신앙심에 의지하며 힘든 싸움을 계속할 수가 있었다.

재현이 부모님은 암에 좋다는 각종 약제를 구해 오셨다. 재현이는 비위에 맞지 않는 여러 가지 약제를 먹어야 한다는 것이 또 다른 고통으로 다가왔다.

1997년 3월 춘천중학교에 입학한 재현이는 암과의 투병보다 견디기 어려운 학교생활에 시달려야 했다.

학교에 등교하면 무엇보다 자신을 죽을병에 걸린 환자로 취급하는 동료들의 시선이 두려웠고 선생님들의 지나친 특별한 배려도 재현이를 더욱 무기력하고 자신감을 잃게 만드는 요인이었다.

재현이는 철저하게 의사 선생님이 시키는 대로만 생활하였다. 규칙적인 생활과 음식물 섭취는 물론 약을 먹는 것도 시간을 지켜가며 먹곤 하였다.

재현이는 무엇보다도 살 수 있다는 신념이 병을 이기는 가장 큰 무기라는 사실을 아버지를 통해서 알게 되었고 오히려 자신의 고통보다도 자신을 위해서 헌신적으로 애를 쓰시는 부모님의 고생과 어려움을 더 걱정하였다.

재현이의 어머니와 아버지는 재현이에게 헌신적으로 병간호를 하면서도 재현이가 조금이라도 정신적으로 나약해지거나 버릇없는 아이로 성장하지 않게 하기 위하여 더욱 엄격한 가정교육을 실시하며 강하게 키우려고 애를 썼다.

중학교 2학년말 어느 정도 병세가 호전되면서 재현이는 차츰 원래의 제 모습대로 머리카락도 나고 마스크도 벗게 되면서 정상인에 가까운 생활을 하게 되었다.

자신은 이제 남들처럼 당당하게 생활하고 싶었지만 계속해서 환자 취급하는 동료들과 학교 선생님들의 변함 없는 태도가 더욱 그를 슬프게 하였다.

특히 체육시간에 운동을 좋아하는 재현이가 친구들과 함께 어울려 축구도하고 농구도 하며 마음껏 뛰고 싶었지만 친구들조차 슬금슬금 피했고 체육선생님께서는 수업시간 마다 앉아서 견학하는 것 이외에는 일체 용납하지 않았다.

재현이는 병마와 싸우면서도 공부를 게을리 하지 않았다. 하지만 1,2학년 때는 서울대학병원에 오르내리느라 제대로 된 수업을 받을 기회가 없었고 치료 중에는 심신이 무리하면 안 된다는 의사선생님의 말씀을 지키느라 책과 가까이 할 수 없었다.

2학년말에 치료 상태가 좋아지면서 고등학교를 진학해야한다는 생각에서 재현이는 부족한 과목을 보충해 가면서 본격적인 공부를 하기 시작하였다.

재현이는 부모님과 상의하여 학교 환경이 뛰어나고 훌륭한 선생님들로 구성되어 있으면서 남녀공학의 이점이 있는 강원도 유일의 국립고등학교인 강원대학교 사범대학 부설고등학교로 진학하기로 결정하였다.

재현이가 강원사대부고에 진학하기 위해서는 중학교 1,2학년 때 병원 치료 등으로 제대로 할 수 없었던 학교 공부를 3학년 1년 동안에 모두 해야했다.

재현이는 암과의 투쟁 못지 않게 힘든 공부에 도전했고 그노력은 가히 눈물겨운 것이었다.

그렇다고 완치된 상태도 아닌 상황이라 여전히 서울에도 2주 간격으로 계속 오르내려야 했다.

재현이 아버지는 공부에 전력을 기울이고 있는 재현이에게 강한 의지와 자립심을 키워 주려고 노력했다.

재현이 아버지는 중학교 체육선생님을 찾아가 재현이가 운동장에서 뛰다가 쓰러져 죽어도 좋으니 친구들과 함께 뛸 수 있도록 해 달라고 특별히 부탁하기도 했다.

그런 재현이가 건강한 모습으로 내가 근무하고 있는 강원사대부고에 입학한 것이었다. 그렇다고 재현이의 암이 완치된 상태는 아니었다.

재현이는 한 달에 한 번씩 서울대학 병원으로 가서 혈액검사를 받으면서 암의 진행 상황을 검사 받아야 한다.

재현이가 내가 있는 강원사대부고로 입학하고 또 공교롭게 내가 1학년 체육 수업을 하게 되자 재현이 아버지는 중학교 때의 아픈 경험을 이야기하며 체육시간에 제발 다른 학생들과 차별하지 말고 정상인처럼 똑 같이 취급해 달라는 주문을 했다.

재현이는 강원사대부고에 입학해서 공부와 함께 왕성한 학교 생활을 하였다.

중학교 때 제대로 된 학교 생활을 할 수 없었던 재현이는 고등학교에서 모두 한꺼번에 보상이라도 받으려는 듯 동아리도 몇 군데씩 가입하였다.

우선 녀석은 평소 자신이 병마와 싸우면서 자신을 의지 했던 종교에서 착안하여 기독교 동아리인 '로뎀'에 가입해서 누구보다 열심히 활동하였으며 운동 서클인 세검회에도 가입하여 검도를 배웠다.

검도에 재미를 붙인 재현이는 속초시에서 개최되는 2000년 강원도민체육대회에 고등부 춘천시대표선수로 출전하게 되는 영광을 얻었다.

출전 그 자체만으로도 큰 의미가 있는 재현이었지만 그는 향토의 명예와 자신의 한계에 도전하며 누구보다 운동을 열심히 했다.

학교 공부를 열심히 하면서도 재현이는 검도장에서 아침·저녁으로 땀을 흘리며 운동에 최선을 다했다.

재현이가 맹활약한 강원사대부고 검도팀은 개최시군 팀으로 프리미엄이 조금은 있는 속초시 고등부 팀을 물리치고 동메달을 획득하는 값진 쾌거를 이룩하였다.

비록 준결승에서 검도부 육성학교 팀인 우승팀에게 패해 동메달 획득에 멈추긴 했지만 그 동안 병마와 투쟁하면서 자신을 지켜낸 이후 재현이에게 가장 소중한 메달로서 올림픽 경기에서의 금메달 이상 가치가 있는 값진 메달이었다.

이제 재현이는 완전히 삶에 대한 자신감을 찾게되었다.

2001년 재현이는 자신이 속해있는 동아리인 '로뎀'의 기장이 되었다. 재현이는 오늘의 자신이 있게 한 기독교에 대한 깊은 신앙으로 로뎀을 학교의 어느 동아리보다 왕성하게 활동하며 알차게 이끌고 있다.

Ⅴ. 꼴찌도 할 수 있다.

@ 사업가가 되기 위한 정훈이의 담금질
@ 말썽꾸러기에서 모범학생으로 변한 성준이
@ 어두운 과거를 묻고 새출발하는 명규
@ 형의 사법고시에 도전한 현선이

일등은 아름답다.
꼴찌의 모습은 언제나 초라하다.
하지만 최선을 다하는 꼴찌의 모습은
일등보다 더 아름답다.
앞서가는 자만이 정상에 오르는 것은 아니다.
정상은 누구나 오를 수 있다.
정상에 오른 자는
내려가야 할 것을 걱정하지만
뒤에서 오르는 자는
아직 꿈과 희망이 살아있어 행복하다.

@ 사업가가 되기 위한 정훈이의 담금질

　이정훈이는 내가 1990년 홍천고등학교에서 3학년 담임을 맡았을 때 우리 반 학생이었다.

　정훈이 부모님은 농사를 지으셨으나 연세가 많으셨고 장성한 누님들과 형들로부터 사랑을 독차지하며 귀염둥이 막내로 성장하였다.

　정훈이 누님과 형들은 모두 결혼하여 가정을 이루고 있었고 모두 경제적으로 여유 있는 생활 환경이었다.

　정훈이는 학교 공부에는 별로 흥미가 없었고 대학진학에도 별다른 관심을 갖고 있지 않았다.

　밝고 명랑한 성격에 활동적이었던 정훈이는 형과 누나들의 영향을 받아서인지 이미 고등학교 2학년 때부터 자동차를 운전할 줄 알았으며 자유분방한 행동에 오토바이를 타고 다니는 등 친구들과 어울려 놀기를 즐겼다.

정훈이의 장래 희망은 장사를 하여 돈을 많이 벌어 훌륭한 사업가가 되는 것이었다.

따라서 정훈이는 학교 시험이나 성적에는 크게 신경을 쓰지 않았다.

그런 정훈이가 고3이 되면서 뒤늦게 대학에 진학해야하겠다는 목표를 갖게되었으며 집안의 형제들도 정훈이를 어떻게 해서든 대학에 진학시키기 위해 총력을 기울였다.

정훈이와 형제들은 정훈이가 대학문화를 경험하는 것이 장차 사업을 하는데 크게 도움이 될 것이라며 대학의 종류나 학과에 관계없이 어느 대학 무슨 과든지 간에 4년제 대학에만 진학하면 된다고 믿고 있었다.

하지만 정훈이는 1, 2학년 때 누구보다 열심히 놀았던 탓에 내신 성적은 맨 뒤에서 손가락으로 헤아릴 수 있었고 모의고사 성적은 형편없이 낮았다.

그러나 뒤늦게 대학 진학에 목표를 둔 정훈이의 노력은 필사적이었다.

먼저 함께 어울려 놀던 친구들과의 관계를 정리했고 규칙적인 생활을 하며 학교 생활에 충실하였다.

기초학력이 튼튼하지 못한 정훈이에게는 공부하는데 어려움이 따를 수 밖에 없었고 점수를 올리는데 한계가 있게 마련이었다.

자신이 뜻하는 대로 공부가 잘 되지 않자 정훈이는 한 때 크게 실망하고 좌절하여 대학 진학을 포기하려고 하였다.

담임인 나는 정훈이를 유심히 관찰해 보았다.

친구들과 어울려 노는 것 외에는 특별하게 잘하는 것이 없을 것

같던 정훈이에게서 유연한 신체 조건을 갖고 있음을 발견하게 되었다.

나는 정훈이를 불러 운동에 흥미나 관심이 있는지에 대하여 물었고 녀석은 초등학교 시절에 태권도장에 다녀 2단의 품 증을 갖고 있다고 자랑하였다.

나는 정훈이에게서 운동에 소질이 있음은 물론 운동기능이 어느 정도 발달되어 있음을 차츰 발견하게 되었다.

따라서 나는 정훈이의 운동에 대한 적성과 소질을 계발시켜주어야겠다고 생각하였다.

정훈이도 곧 대학을 체육계열학과로 진학하기를 희망하였다.

운동에 대한 기능과 소질이 있으면 실기 연습을 통하여 대학에 충분히 진학할 수 있다는 희망을 갖게된 정훈이는 사막에서 오아시스를 만난 것처럼 좋아했다.

이후 정훈이의 학교 생활 태도가 완전히 변했다. 산만하고 집중력이 떨어졌던 정훈이었지만 매사에 적극적이고 의욕적이었다.

학교 교실 공부는 암기 과목 중심으로 열심히 외워댔고 문제집을 구입해 많은 문제를 풀이하며 공부하였다.

정훈이는 우리 반에서 공부 잘하는 녀석을 사귀어 친하게 지내면서 공부하는 방법과 어려운 문제를 해결하는데 도움을 받는 지혜를 발휘하였다.

실기훈련이 실시되는 방과후의 운동 시간에도 정훈이는 누구보다 일찍 운동장에 나와 실기훈련 준비를 하였다.

선천적으로 타고난 유연성에 정훈이의 노력이 가미되면서 녀석의 운동 기능은 시간이 지날수록 놀랍게 향상되어 갔다.

자신감을 얻은 정훈이는 1991학년도 신입생 선발을 위한 대학학력고사에서 모의고사 때보다 훨씬 상회하는 좋은 성적의 점수를 받을 수 있었다.

대학을 선택하는 과정에서 정훈이는 실기고사의 종목들을 자신있게 해낼 수 있는 종목들로만 구성되어 있는 광주광역시에 있는 조선대학으로 원서를 제출하였다.

조선대학에서 실기시험을 보기 위해 대학으로 간 정훈이는 실기종목 중의 하나인 축구공 드리블을 하다가 그만 실수를 하여 공이 엉뚱한 곳으로 벗어나 버렸다.

고사규정에는 모든 수험생들에게 축구공 드리블은 1회에 한하여 실시하게 되어 있었으며 어떤 경우에도 다시 기회를 주는 경우는 없었다고 한다.

하지만 정훈이는 축구공을 들고 기록을 측정하시는 교수님 앞에 무릎을 꿇고 앉아 눈물을 흘리면서 멀리 강원도에서 이곳까지 시험을 보러 왔으니 한 번만 더 기회를 달라고 졸라댔으며 결국은 다시 기록을 측정 받아 만점을 획득할 수 있었다.

녀석은 배짱도 두둑한 녀석이었고 붙임성이 있어서 누구와도 쉽게 친해질 수 있었다.

여하튼 정훈이는 비록 집에서 멀리 떨어지기는 했지만 조선대학교 체육학과에 합격하였다.

멀리 고향을 떠나 객지로 진학한 정훈이는 부모님과 형제들의 걱정을 뒤로 한 채 그의 소탈하고 활달한 성격으로 조금도 어려움 없이 대학생활에 적응해나갔다.

정훈이는 형들과 누나들이 대학 등록금과 생활비를 지원해 주기로 했으나 사업자금을 마련하기 위하여 대학에 입학하자마자 국방부의 학사 장학생에 지원을 하였다.

정훈이의 국방 장학생이 된 더 큰 이유는 장차 큰 사업체를 운영하려면 사람을 많이 채용해야하는데 사람 다루는 기술을 군대에서 배우기 위하여 장교가 되겠다는 것이었다.

정훈이는 합격이 되어 국방부로부터 장학금을 받으며 대학생활을 보냈고 낯선 곳이었지만 특유의 붙임성 있는 성격으로 대학 선배들과 쉽게 친해져 즐거운 대학생활을 만끽하였다.

많은 학생들이 대학에 진학을 했지만 정훈이 만큼 자유롭고 낭만적인 대학생활을 즐긴 학생들도 많지 않을 것이다.

정훈이가 조선대학으로 진학하게된 이후 홍천고등학교에서는 매년 한두 명씩이 멀리 떨어진 광주의 조선대학으로 진학하게 되었다.

불원천리 객지의 대학으로 진학한 후배들에게 정훈이는 든든한 버팀목이었으며 정신적인 지주였다.

모두들 정훈이의 보호아래 조금도 불편함 없이 대학 생활을 할 수 있었다고 이구 동성으로 말하였다.

사범대학이 아닌 체육학과였지만 정훈이는 상위권의 성적을 유지하여 교직과목을 이수할 수 있었고 대학 4학년 때는 모교인 홍천고등학교로 교생실습을 나올 수 있었다.

고등학교 학창시절을 자유분방하게 보냈던 정훈이는 모교의 후배들 앞에서 자신의 이야기를 실 예로 들어 '늦었다고 생각할 때가 빠를 때'라며 성적이 부진하여 진학을 포기하려는 학생들에게 희망과 꿈 그리고 자신감을 심어주려고 노력하였다.

정훈이는 교직과정을 이수하여 교원자격증을 취득하였지만 교사가 되는 것이 자신의 목표는 아니라며 사업가가 되기 위한 자신의 꿈을 지켜나갔다.

정훈이는 대학을 졸업하던 해인 1995년 일정기간의 훈련과정을 마치고 육군소위로 임관하였다.

정훈이는 특유의 활달한 성격으로 군대에서도 동료 장교들로부터 신뢰받고 윗분들로부터 사랑 받으며 부하 사병들로부터 존경받는 대한민국 육군 장교로 거듭났다.

국방부로부터 장학금을 받은 정훈이는 6년간의 군 생활을 성공적으로 마치고 전역을 앞두고 있다.

장교로 군 생활을 한 정훈이는 월급을 모두 적금에 들어 사업자금으로 쓰겠다며 목돈을 마련하였다.

정훈이는 왕성한 책임감과 투철한 국가관으로 윗분들로부터 국내외 경제가 어려운 시기이며 군대가 체질이니 군에 계속 남아 조국수호의 최일선에서 계속 근무하기를 권유받았지만 정훈이의 목표는 따로 있었으므로 미련 없이 전역을 하기로 결정하였다.

정훈이는 곧 대학과 군에서 익힌 자신의 역량을 마음껏 발휘하며 자신이 꿈꿔온 훌륭한 사업가가 되기 위한 새로운 도전을 시작할 것이다.

@ 말썽꾸러기에서 모범학생으로 변한 성준이

이성준이는 내가 1996년 홍천고등학교에서 담임을 맡고 있을 당시 우리 반에서 미술계열대학으로 진학하기를 희망하고 그림을 그리던 학생이었다.

성준이는 건설회사를 운영하시는 아버님과 보험회사 생활설계사로 일하시는 어머님의 넉넉한 가정환경 속에서 남부러운 것 없이 성장하였다.

성준이는 내성적인 성격에 말이 없고 조용하였다.

성준이는 초등학교 때는 공부를 곧잘 하여 부모님의 기대를 부풀게 하기도 했으나 중학교에 입학하고부터는 성적이 중위권에 머물더니 고등학교에 입학해서는 하강곡선을 그리며 곤두박질쳤다.

중학교 시절부터 학교 미술부에서 취미 삼아 그림을 그려왔던 성준이는 자신의 적성과 소질을 고려하여 고등학교 2학년말부터 진로를 미술계열학과로 결정하였다.

성준이는 예능 계열 대학으로 진학하는 학생들은 실기 능력만 뛰어나면 수능이나 내신 성적이 부족해도 충분히 대학에 진학할 수 있다며 학교 공부를 소홀히 하였다.

성준이는 고등학교 3학년이 되면서 전공분야를 결정하는 과정에서 심각한 고민에 빠졌다.

자신은 서양화에 관심을 갖고 있었지만 지도하는 선생님은 디자인 분야를 적극 권유하는 관계로 성준이의 갈등은 시작되었다.

디자인을 한다는 것도 홍천에서는 지도할 수 있는 전문 강사나 학원이 없었고 춘천이나 서울 등 대도시의 학원에 가야하는 처지라 현실적으로 어려움이 많았다.

녀석은 이때 심한 정신적 갈등을 겪게되었다.

이를 이겨내지 못한 성준이는 방황하기 시작했고 쉽게 탈선의 길로 들어섰다.

학생의 신분에 어긋나는 행동으로 학생부에 불려가 혼쭐이 나는 시간이 많아지더니 경찰서를 출입하기 시작했고 심지어는 춘천의 검찰청에도 드나들어야하는 심각한 단계로까지 발전하였다.

성준이 어머니는 하루가 멀다하고 학교에 등교하다시피 하셨고 아버님은 바쁘신 사업 일을 뒤로 한 채 경찰서와 검찰청에 이틀이 멀다하고 쫓아 다니셔야 했다.

이런 상황 속에서 성준이나 부모님께서는 대학진학은 꿈도 꿀 수 없는 처지가 됨은 물론 고등학교를 졸업할 수 있을지 여부조차도 불투명하였다.

성준이가 특정 사건에 연루되어 학교를 비운 지 10여 일만에 아버님의 끈질긴 자식 사랑과 학교측의 배려와 노력으로 학교로 돌아올 수 있었지만 성준이는 학교생활에 적응하지 못했고 방황을 계속하고 있었다.

성준이 부모님께서는 성준이를 다그치지 않으시고 오히려 성준이와 함께 2박 3일간 동해안의 바닷가 여행을 다녀온 뒤 성준이는 다부진 각오로 변신을 계획하였다.

성준이의 변화는 용모에서부터 오기 시작했다. 예능을 하는 학생들이 비교적 머리를 길게 하고 다니는 습관이 있는데 성준이는 스님처럼 짧게 깎았다.

이 후 성준이는 행동에 변화를 주었다. 첫 번째가 등교시간이었다. 우리 반의 첫 문을 열고 들어오는 학생은 언제나 성준이었다. 교실 문을 열고 공기를 환기시킨 후에 간단한 정리를 하고 교실에 앉아 차분하게 공부를 하였다.

학급의 궂은 일도 스스로 찾아서 행하였다.

뿐만 아니라 성준이는 매사에 긍정적 사고를 갖기 시작했다. 미술부이니 학과 공부를 소홀히 해도 된다는 지금까지의 생각에서 벗어나 쉬는 시간에도 책상을 지키며 암기과목 중심으로 열심히 공부하였다.

말썽꾸러기와 모범생의 차이는 백지 한 장 차이였다.

성준이는 미술 전공분야의 결정도 디자인으로 하고 토요일과 일요일을 통해 춘천의 학원에서 실기지도를 받으며 준비하였다.

성준이는 언제 내가 방황했었느냐는 듯 자신감을 갖고 학교 생활을 하였다.

뒤늦게 전공분야가 결정된 성준이는 학원에서 다른 친구들보다 한 시간을 더 연습을 하며 동료들 따라잡기를 시도하였다.

9월 강원대학교가 주최한 미술실기대회에 참가하여 수채화부문에서 입상하였고 10월 학생의 날에는 학급회의 시간에 동료들의 만장일치 추천으로 모범학생에 선발되어 교장선생님으로부터 모범학생 표창장을 수상하는 영광을 얻었다.

성준이는 더욱 열심히 그림 그리기와 학과 공부에 박차를 가했다.

그러나 대학수학능력 시험 결과 성준이의 성적은 모의 고사수준을 뛰어넘지 못했다.

하지만 성준이는 대학수학능력시험 이 후 삼척산업대학 디자인학과에 응시하여 합격하였다.

부모님과 학교선생님들의 속을 썩이며 말썽꾸러기로 한 때 방황했던 철부지가 당당히 대학생이 된 것이었다.

그러나 대학에 진학하여 디자인을 전공하던 성준이는 자신의 소질이 디자인이 아닌 서양화에 있음을 알게 되었고 자신의 예술활동의 폭을 넓히기 위해서는 지방보다는 서울에 있는 대학으로 진학해야겠다고 방향을 수정하였다.

성준이는 부모님과 자신의 진로문제를 다시 의논하고 홍천으로 와서 재수를 하며 그림을 다시 그리기 시작했다.

고등학교 때의 방황이 대학에까지 연장되는 듯하여 부모님께 죄송스러웠던 그는 더욱 열심히 그림을 그리며 수학능력시험에 대비하여 공부를 하는 모습으로 사죄하였다.

성준이는 모교에서 후배들이 모의고사를 실시하면 학원에서 함께 그림을 그리는 후배들에게 부탁을 하여 학교에서 남는 여분의 문제지를 구해서 자신의 학력을 측정해 가며 공부를 하였다.

성준이는 일년 뒤 수학능력 시험에서 비교적 좋은 점수를 받았고

자신의 적성에 알 맞는 전공분야를 찾아 서울의 한성대학교 서양
화학과로 지원하였다.

 자신의 희망대로 전공을 바꾸어 서울로 간 성준이는 당당히 합격
하여 자신의 잠재력을 발휘하며 중견 예술인이 되기 위한 전문적
인 지식과 기능 및 지도력을 함양하고 있다.

@ 어두운 과거를 묻고 새 출발하는 명규

장명규는 식당의 주방에서 일하며 생계를 꾸려가시는 어머니와 단 둘이 어렵게 생활하는 결손 가정의 학생이었다.

어린 시절부터 어려운 가정 생활을 해야했던 명규는 폭력과 도벽이라고 하는 잘못된 습관으로 욕구불만을 표출하고 있었다.

초등학교 시절부터 문구점이나 슈퍼마켓 등에서 돈을 내지 않고 물건을 가지고 나오는 버릇에 익숙해져 있던 명규는 홍천중학교에 입학해서도 여전히 그 버릇을 버리지 못하고 학생부 출입을 계속해야 했다.

명규는 남의 물건에 손을 대는 것은 말할 것도 없고 또래 친구들과 싸움을 밥먹듯 하여 친구들을 괴롭히는가 하면 어린 나이임에도 불구하고 불량한 친구들과 어울려 술과 담배를 가까이 하는 등 비행 청소년 그 자체였다.

따라서 명규는 구제불능의 문제아로 낙인찍히게 되었음은 물론 동료 학생들로부터도 경계의 대상이 되는 등 학교 생활에 적응하지 못하고 더욱 방황하게 되었다.

그러던 어느 날 명규는 홍천중학교에서 체육수업을 하며 역도 선수로 소질 있는 학생을 찾고 있던 이기복 선생님 눈에 클로즈업되었다.

명규는 초등학교 시절 배구선수 생활을 잠시 했던 경험이 있었으며 큰 체격에 기초체력이 뛰어나 무한한 가능성을 갖고 있었다.

이 후 명규는 본격적으로 역도 선수로 다듬어져 갔다.

명규는 역도 국가대표선수를 많이 양성하여 명성이 높은 이가복 선생님의 지도를 받으면 자신도 국가대표 선수가 될 수 있다는 기대와 자신감으로 홀어머니 곁을 떠나 역도부 합숙소에서 생활하며 운동에 전념하였다.

자유분방하게 행동하고 마음껏 돌아다니던 습관이 몸에 배어 있는 명규는 절제와 규칙적인 생활을 하며 고된 운동을 계속해야하는 역도부 생활에 적응하지 못하고 어려움을 겪었다.

이기복 선생님은 명규의 역도부 적응을 위해 특단의 조치를 취했다. 홍천고등학교 역도 선수 중에서 경기력이 뛰어나고 리더쉽이 탁월한 선배를 룸메이트로 배정하고 생활 전반에 걸쳐 특별 지도를 하며 인성교육을 시도하였다.

선천적으로 타고난 순발력과 파워를 가지고 있던 명규는 차츰 운동에 흥미를 붙이기도 했지만 무엇보다도 힘들고 어려운 역도의 훈련과정이 엉뚱한 생각을 할 수 있는 틈을 주지 않았다.

따라서 명규는 자연스럽게 건전한 생활을 할 수 있었으며 차츰 경기력도 향상되어갔다.

　어려운 가정에서 따뜻한 정을 느끼지 못하고 주위의 곱지 않은 시선 속에서 탈선하여 생활해 온 명규는 역도부 일원이 되어 동료들과 선생님으로부터 자신의 존재가치를 인정받으면서 자신이 가지고 있는 잠재력을 본격적으로 발휘하기 시작하였다.

　명규는 역도에 입문하고 중학교 3학년 때 전국소년체육대회에 출전하여 금메달을 획득하여 대성 가능성을 한 껏 높이며 1995년 3월 홍천고등학교에 입학하였다.

　홍천고등학교에 입학한 명규는 당시 역도부 감독을 맡고 있던 나와 본격적인 만남이 시작되었다.

　명규의 어두운 과거를 잘 알고 있는 나는 명규가 홍천고등학교에 입학하자마자 선수 이전에 인간이 되어야한다는 생각을 주입시켜주려고 애를 썼다.

　고등학교에 입학한 명규는 모두의 기대대로 열심히 훈련에 임하여 자신의 기록을 점차 향상시켜 나갔다.

　고등학교 2학년이 되자 명규는 각종 대회에서 두각을 나타내기 시작하였다.

　역도 경기는 기록으로 순위를 결정하는 스포츠이다. 이미 2학년 때 중량급인 명규의 기록은 전국 상위권 수준에 도달해 있었다.

　명규는 기록이 날로 향상되면서 각종 대회를 석권하게 되자 자만심에 빠지게 되었고 자만심은 곧 잠재해 있던 과거의 못된 습성들이 다시 출현되는 계기가 되었다.

　이기복 선생님과 나는 역도 선수들의 탈선을 막아보고자 인성교육 차원에서 역도 훈련장 내에 컴퓨터, 당구대, 탁구대 등을 설치하여 선수들이 운동 외적으로 즐길 수 있는 프로그램과 시설들을 갖추어 놓았다.

뿐만 아니라 교장선생님의 도움을 받아 일본의 고등학교와 자매결연을 맺고 정기적으로 교류함에 있어서도 역도부가 중심이 되었다.

일반 학생들의 교류에 앞서 역도를 통한 교류를 하면서 홍천고등학교 역도부 학생들은 모두 일본을 다녀 올 수 있었고 일본 역도 선수들이 홍천을 방문하면 국경을 초월하여 합동·합숙훈련을 실시하는 등 역도부 학생들에게 견문으 넓혀 주게 되었다.

이러한 노력들로 홍천고등학교 역도 선수들은 모두들 높은 자부심을 느끼게 되었고 더욱 운동에 전념하게 되는 동기가 마련되었다.

따라서 나와 이기복 선생님은 운동에 전념하고 있는 명규가 이제는 완전히 새로운 사람이 되어 있을 것이라고 믿고 있었다.

그러나 명규에게는 도벽이 완전히 근절되지 않고 잠재해 남아 있었다.

대회 출전을 앞두고 긴장되거나 훈련 중 기록이 잠시 정체되면 녀석은 문구점이나 슈퍼 등에서 작은 물건은 말할 것도 없고 한 단계 더 나가 오토바이를 주인 허락 없이 타는 버릇까지 생겼다.

오토바이 절도는 함께 운동하는 일부 동료 선수들까지 가세가 되어 가출 사건으로 발전하는 등 팀을 맡고 있는 나와 지도하는 이기복 선생님을 곤혹스럽게 만들었다.

1996년 명규는 전국체육대회 강원도 대표로 선발된 후 동료들과 함께 오토바이 절도 혐의로 홍천경찰서를 거쳐 춘천의 지방 검찰청으로 이송되는 사건이 발생하였다.

학교에서는 비상이 걸렸다.

전국체육대회에 출전하기만 하면 메달 획득 가능성이 매우 높은 상황에서의 입건이었으므로 교장선생님과 교육장님, 군수님과 경찰 서장님까지도 명규를 구명하기 위해 백방으로 애를 썼다.

나와 이기복 선생님은 직접 춘천의 검찰청에 출두하여 선처해 줄 것을 간곡하게 호소하였고 명규도 경찰서 출입이 아닌 검찰로의 출두이므로 크게 뉘우치며 절도가 결코 가벼운 죄가 아니라는 사실을 깨닫고 깊이 뉘우치고 있었다.

다행스럽게도 춘천 검찰청에서는 눈물로 반성하는 명규의 진지한 태도와 정상을 참작하여 전국 체육대회에 출전할 수 있도록 배려해 주었다.

이 후 명규는 평소에 볼 수 없었던 성실한 자세와 생활 태도로 변신하였다.

보름 이상 훈련을 하지 못한 공백이 있었음에도 곧 자신의 기량을 회복할 수 있었고 평소의 기록을 훨씬 상회하는 뛰어난 기록을 발휘하여 지도하는 선생님은 물론 명규 자신도 놀라움을 감추지 못했다.

명규는 늘 용상에 비해 인상경기가 비교적 약하다는 지적을 받았다.

명규는 인상경기에 대한 반복 훈련에 땀을 흘렸다.

팀 운동이 끝나고 동료들의 함성 소리와 바벨 떨어뜨리는 소리가 끝난 시간에도 명규는 정적을 깨며 혼자 바벨과의 고독한 싸움을 계속하였다.

지도하는 선생님이 이제 그만하라는 지시가 있어도 자신이 만족할 만큼의 운동량을 채우고서야 운동을 끝내는 지독함을 보였다.

드디어 1996년 전국체육대회에 출전한 명규는 인상, 용상, 합계에서 모두 대회 신기록을 수립하며 3관왕을 차지하였고 그 여세를 몰아 한국 주니어 대표선수에 선발되는 영광도 함께 하였다.

명규는 자신의 어리석었던 과거를 기록향상과 금메달로 참회하였으며 자신을 믿고 애를 써 주신 모든 분들에게 태극마크로 보답하였다.

이 후에도 명규는 피와 땀을 아끼지 않으며 훈련에 전념하였고 3학년 때도 각종 대회는 물론 전국체육대회에서 3관왕을 차지하며 2년 연속 제패하는 쾌거를 이룩하였다.

어둡고 힘들었던 과거를 깨끗이 씻어버리고 중량급에서 한국 역도의 기대주로 우뚝 성장한 명규의 다음 목표는 한국 신기록을 수립하고 올림픽 대회에 출전하여 향토와 조국의 명예를 드높이는 것이다.

@ 형의 사법고시에 도전한 현선이

이현선이는 내가 강원사대부고에 전근을 오던 해인 1997년 4월 체육학과에 진학하겠다고 상담을 하면서 나와의 인연이 시작된 학생이었다.

현선이의 아버님께서는 고등학교 수학선생님이셨다.

형은 공부를 매우 잘해 춘천고등학교를 거쳐 서울대학교로 진학을 했고 법학과가 아니면서도 사법고시에 최종합격을 하는 등 수재로서의 탄탄대로를 달렸다.

하지만 현선이는 이런 형에 비교되면서 중학교 3학년부터 부모님의 기대와 바람과는 어긋나기 시작하였다.

강원사대부고에 입학하고서는 더욱 공부와는 인연을 끊고 친구들과 어울려 돌아다니며 놀기를 즐겨 부모님의 애간장을 태웠다.

현선이는 지각, 무단 결과, 폭력, 음주, 흡연 등으로 학교 학생부 사무실에는 단골손님이었다.

어머니께서는 현선이의 일탈행동에 충격을 받으셨고 아버님은 아예 포기를 하다시피 하셨다.

학교의 선생님들은 같은 교직에 계시는 현선이 아버님을 잘 알고 계셨으므로 현선이에게 많은 관심과 애정을 보여주었으나 그것은 오히려 현선이에게 또 하나의 탈선 요인으로 작용하고 있었다.

학교 선생님들은 현선이의 탈선을 보면서 선생님들은 남의 자식은 가르쳐도 제 자식은 제대로 가르치기 힘들다며 남의 일 같지 않게 걱정을 하였다.

이런 현선이가 어머니로부터 어느 대학이라도 좋으니 대학생이 되는 것을 보는 것이 소원이라는 말씀에 자극을 받고 4월초 같은 부류의 친구녀석 한 명과 함께 사무실로 나를 찾아 체육학과에 관심을 갖으며 상담을 하였다.

나는 운동을 좋아하고 운동에 적성과 소질이 있으면 특별한 특기종목이 없어도 체육계열학과로 대학 진학이 가능하다고 상담해 주었다.

현선이는 4월 말 체대입시생 대열에 합류하였다.

현선이는 훈련에 합류하면서 '선생님이 시키는 대로 할 테니 어느 대학이든 4년제 대학에만 진학시켜달라'는 좀 특이한 부탁을 하며 시작하였다.

운동을 좋아하기는 했으나 운동선수 경험이라고는 전혀 없었고 운동기능도 비교적 떨어졌던 현선이었지만 누구보다 열심히 훈련에 참가하였다.

운동이라고는 전혀 해본 적이 없었던 현선이었으므로 매일 강도 높게 실시되는 실기 연습을 하느라 학교 자율학습이 끝나고 집으로 귀가하면 쏟아지는 잠을 주체할 수가 없었다.

현선이의 생활 패턴이 달라지면서 자연스럽게 함께 어울려다니던 친구들과 거리감이 생길 수밖에 없었다.

이 후 현선이는 학교 학생부의 출입에도 종지부를 찍었고 학교 수업에 충실하였다.

현선이를 아는 선생님들마다 현선이의 변화된 모습에 놀라움을 감추지 못하면서도 저 말썽꾸러기가 얼마나 가나 두고보자는 식의 반응이었다.

하지만 현선이는 대학입학시험이 끝나는 순간까지 학교 공부와 실기연습에 최선을 다했다.

현선이는 집에서의 생활에도 안정을 찾았고 규칙적인 생활로 부모님의 신뢰를 회복해 나갔다.

현선이가 말썽꾸러기였다는 사실이 믿어지지 않았다.

현선이는 10여명의 남학생 중 운동 기능이 가장 떨어졌다. 여학생들도 있어 부끄럽고 창피하기도 했겠지만 누구보다 일찍 운동장에 나왔고 누구보다 열심히 뛰며 땀을 흘렸다.

이런 현선이의 태도가 동료들로부터 신뢰를 받아 운동기능과 학교성적이 가장 뒤떨어지는데도 불구하고 반장으로 선임되었다.

현선이 어머님께서는 일부러 학교로 나를 찾아 아들의 생활태도가 변한 모습에 흐뭇해하시며 말썽꾸러기 아들 현선이가 '나도 대학에 갈 수 있다'는 가능성을 가지고 열심히 노력할 수 있게 해준 내게 감사한 마음을 전해 주셨다.

현선이는 매사에 의욕적이었다. 겨울철에 눈이오면 나는 녀석들과 함께 운동할 수 있는 공간을 확보하기 위하여 운동장 400m 트

랙 코스의 눈을 치우곤 하였다.

언제나 현선이가 선착순으로 나와 제설도구를 챙기며 손바닥에 물집이 생기고 부르트도록 작업을 하였다.

그러나 현선이는 1997년 11월에 실시된 대학수학능력 시험에서 높은 점수를 받는데 실패하였다.

하지만 실기 연습을 열심히 하면 4년제 대학에 충분히 합격할 수 있다는 내 말을 믿고 열심히 노력한 현선이는 강릉시의 관동대학교 사범대학 체육교육학과에 장학생으로 진학하였다.

녀석은 대학에 입학하자마자 국방부의 학사장교 장학생 모집에 응시하였고 합격하였다.

나는 현선이의 담임선생님과 현선이 어머님으로부터 지방대학에 보내 놓고도 분에 넘치는 감사의 인사를 받았다.

과거에 서울대학 등 명문대학에 학생들을 합격시켰을 때보다도 극진한 인사를 받을 수 있었다.

현선이 자신도 내게 평생을 존경하겠노라며 어눌한 다짐을 하였다.

현선이는 멀리 강릉에 있는 대학으로 진학하였음에도 주말이면 동료들을 규합하여 자신들처럼 실기훈련을 받고 있는 고등학교 후배들을 찾아 격려해 주곤 하였다.

2000년 현선이의 영원한 라이벌인 그의 형이 사법고시에 최종 합격하는 쾌거가 있었고 현선이는 형의 영향을 받아 새로운 목표를 설정하였다.

현선이는 자신도 형과는 분야와 성격이 다르지만 고시를 치르겠다고 다짐하면서 교원임용고시에 대한 준비를 하고 있다.

녀석은 2000년 9월 3학년 2학기가 되자 교생실습을 모교인 강원사대부고로 나오겠다며 학교를 방문하여 학교장 동의서를 받아갔다.

　그러나 겨울 방학 때 다시 나를 찾은 현선이는 임용고시를 준비하려면 자기가 다니고 있는 대학이 소재하고 있는 강릉지역으로 실습을 나가는 것이 유익하겠다며 모교로의 실습을 포기하는 등 강한 집념을 보여주었다.

　녀석은 주말에도 집에 오지 않고 임용고시 준비를 하는 한편 방학 때면 서울의 학원에 등록을 하고 자신의 목표를 달성하고자 최선의 노력을 다하고 있다.

　나는 사법고시를 합격한 형의 영광 못지 않은 현선이의 교원임용고시 합격의 영광도 곧 함께할 것을 확신한다.

VI. 나의 삶, 나의 도전

독자 여러분들의
지금까지의 인생과 꿈, 그리고
목표를 향한 도전은 어떠했습니까?
이 여백에 고해성사하는 마음으로
적어 보시면 어떨까요?

도전, 그 아름다운 이야기

인쇄일 초판 1쇄 2002년 01월 20일
             2쇄 2015년 09월 08일
발행일 초판 1쇄 2002년 01월 30일
             2쇄 2015년 09월 16일

지은이 이 영 욱
발행인 정 진 이
발행처 새미
등록일 1994.03.10, 제17-271호

서울시 강동구 성내동 447-11 현영빌딩 2층
Tel : 442-4623~4 Fax : 442-4625
www. kookhak.co.kr
E- mail : kookhak2001@hanmail.net
ISBN 978-89-5628-429-3[03810]
가 격 8,500원

* 새미는 국학자료원 의 자매회사입니다.
*저자와의 협의 하에 인지는 생략합니다.